偷窺

黃珍珍・著
李錦昱・插圖

他序——

常民書寫，生活紀實

王士朝

生活在戰地時期的金門，是有很多和大都市不一樣的經驗，尤其是四十幾年前，除了日用物資缺乏之外，最重要的精神食糧更是稀少。最奢華的享受就是假日趕場看電影，其次，男生是打撞球或租小說、連環漫畫；而女生大都以閱讀文藝作品為主，不論是報紙副刊或文藝期刊、言情小說、女性刊物等等，都會靜靜地欣賞。

因此，產生了兩種現象：（一）專心閱讀而移情進入劇中為主角者，男女都時有耳聞，就變成了「書迷」也就是現在所謂的「粉絲fans」；（二）欣賞了名家的文藝創作後，油然而生出敬佩心意，想到自己也可以來試試看，創作出一篇篇的好作品，期待他日也是「作家」。

民國六十五年（一九七六年）一月十二日星期一，在《金門日報》的「副刊」上，刊出了一篇散文〈心弦上的音符〉。讓一位自小便熱愛上國語課，喜歡寫作文，不斷閱讀文藝作品，期待自己的文章也能變成用鉛字排印出來的少女，終於看到了第一篇被刊登出來的處女作，自然是樂不可支，但也鼓勵了她再向前一直創作的勇氣。

二〇〇六年中，她終於出版了第一本作品集《心弦上的音符》，這是《金門文學叢刊・第三輯》十冊中的一冊，總算實現了一個多年來的夢想。今年（二〇〇八年）她又整理了一些文稿，並請由視覺傳達系畢業的大女兒配上插畫，讓整本書看起來更加親切活潑，相信這本名為「偷窺」的書，讀者也會喜歡吧！

文藝創作的面向很多，作家出身的背景各異，學院派與庶民化，談理論與講生活，各種素材都是創作的來源，各種經驗也都是創作的養分。所以，只要喜歡，有興趣，持之以恆，把日常週遭的生活感觸紀錄下來，再形諸於文、描述感情、美化詞藻，實實在在地反映出自己內心的感覺、生活的感受，也能成就一篇篇的文章。

她，黃珍珍，就是把自己生活的感想，忠實地紀錄下來而形諸於文。文章內沒有什麼大理論，有的只是金門家鄉這四十幾年來，左鄰右舍和親朋好友間的生活現象，非常地平民化，紀實化，感情化，希望也兼有紀述家鄉平民歷史的貢獻。

非常高興可以幫這本書說幾句話，希望大家會喜歡它，也期待大家都來記述家鄉中各自的生活史。

自序——無心插柳

啊，我是一個極其平凡的歐巴桑，愛哈啦外，偏偏又很「不自量力、不甘寂寞」地愛寫。

我沒高深的學歷和學問，也沒什麼偉大的志願。每天能平平安安快快樂樂過日子就讓我「眉開眼笑、心滿意足」了！

當然，像我這樣的歐巴桑就只能寫寫自己「平凡的故事」。當然，寫自己畢竟也是有限。所以，我得「擴大版圖」把腦筋動到我最親愛的親朋好友身上，把他們給一一拖下水做為我寫作的題材。讓她（他）們都有機會成為我篇章中的「最佳男女主角」！

猶深深記得，有次積峰大哥回金過年，那時我才剛剛開始「起步」投稿，只刊登了三、五篇吧！我很開心地拿出來秀給他看。他看了看說：「妳有這個興趣不錯哦，繼續努力，說不定將來出一本書呢！」當時我想：出一本書？喔！這可是一個「偉大的夢想」，但是對我言這是一個「絕對不可能的任務」。因我一向是個閒散、隨性不積極的人，就當大哥是在「講講笑話、純屬虛構」罷了！

爾後，隨著刊登率的上升，隨著手寫稿一一變鉛字，在「文字世界」裡我已然「深深著迷、食髓知味、無法自拔」。

後來，停停寫寫、寫寫停停，後來，結婚生子就喊卡到跌停板，後來陸續又寫寫停停、停停寫寫，後來，剪貼本由一本變二本、三本及至第四本，後來，算算我竟有了上百篇「平凡的作文」。

後來，大哥當年的那一句話，那個從來想都沒想過「遙不可及的夢」在多年後卻「實現」了。如今想想，一路「漫不經心」隨意走來，真的是只有一句「無心插柳」可形容啊！但是，我不敢說是「柳成蔭」。因為「學無止境」，人外有人天外有天。

書中的插畫是大女兒錦昱的「傑作」。她從小愛畫畫，但卻無意成為「漫畫家」。她在我的「軟硬兼施」下每天被我逼稿兩篇，每晚在燈下、在我溫柔的眼神監督中「激發潛能」，終至「大功告成」。啊，感謝我的寶貝大女兒，有她生動可愛的插畫讓本書增色不少！

感謝在「金門技術學院」任教的表哥王士朝教授，他在教學與課業的百忙之中還得騰出寶貴的時間來為拙作寫序，真是感動。

更要感謝老公李文曲先生讓我體驗了「豐富多樣」的人生，讓我的生活與情緒有時風平時浪靜、有時波濤洶湧，有時站在高峰、有時跌至谷底，因著被他這樣不斷的激勵、淬煉與震撼，才有創作的泉源。

書中的每一篇章都在我最愛的家鄉報《金門日報》刊登過了，其中大部份雖是舊作，但它們都是我最真實的「生活記錄」。《金門日報》是孕育我成長的園地，也非常感謝編者的鼓勵。

金門是個文風鼎盛的地方，雖然人口不多，但喜愛寫作的人不少，金門縣李炷烽縣長、文化局李錫隆局長、金門文藝總編輯陳延宗先生對於藝文出版與活動更是「不遺餘力」，這對悠遊於各類不同藝術領域中的人而言更是一種福氣。

啊，自古以來金門就是個「福地、貴地、寶地」，我以「係金ㄟ」的「金門人」為榮！

黃珍珍

目次

素描人物

人生風景

懷念情愛

擁・抱・生・活

首飾

電視廣告上有一句關於首飾的名言「鑽石恆久遠，一顆永流傳」。金銀珠寶似乎是每個女人的最愛，更是豪門闊少用來打動美人芳心的最佳利器。耀眼的金飾，閃亮的鑽石，試問又有多少女人能不受它的誘惑？首飾，有著各式各樣獨特風情的炫麗外表，它除了代表「財富」外，有的更是風華絕代，獨一無二舉世無雙的「藝術品」呢！

在我成長的那個年代，「金飾」佔著極其重要的地位。娶媳婦要有體面的一對金項鍊、一對或兩對的金手環、金戒指、金別針，有的甚至還有金腳鍊。總之，首飾越多就越顯示出夫家的身分地位，三姑六婆婦道人家最感興趣的重頭戲就是——爭看首飾。看看是否釣得一個「金龜婿」？女方出嫁時，嫁妝中也以「金飾」最引人「注目」評論。是嫁妝一牛車呢？亦或是草草率率寒寒酸酸的來送作堆？

由於「金子」在那個社會背景下扮演著一個迎親嫁娶、舉足輕重的「角色」，因此，做為父母的長輩們莫不節衣縮食的存點錢來買它個一條項鍊，或打個金戒指、打對金手鐲，一件一件地買，慢慢地累積收藏起來，好作為日後風光嫁娶的最佳「門面」。節儉多年，用在一時，真是一點也不錯。「面子、面子」，做人要的不就是面子嗎？任誰都不想面子掛不住吧？唉！做人的苦心、虛榮心由此可見一般。

猶記得當我踏入社會領了「第一個月」的薪水時，我竟毫不考慮地把那微薄的工資貢獻給了金子鋪，我買了一條細細的有五顆空金珠的手鍊送給母親。至今多年了，母親仍年年戴在手上，真是「手鍊恆久遠，親情永留存」。母親也常對我說著：「記得嗎？這是你送我的第一件禮物。」我當然記得，深深牢牢的記得，怎麼可能忘記呢？此時，這條份量「不夠重」的金手鍊，多少錢已不重要了，它蘊藏著我對母親的心，我們母女之間濃厚的感情……。

母親是個心思細膩的人，她自然不會把我的薪水全數貼補在日常家用上。她和大部分的親戚長輩們一樣，把各個子女所交給她的薪水都存了一些，然後各自替他們買金飾，以備日後婚嫁之需。那時候，只要積存了一些足夠買項鍊、墜子、戒指或手鍊的錢，我們便興沖沖的逛金子店去。家中兄弟姐妹七個，可想而知，從美亮大姐開始上班代課，到最小的添弟大學畢業，將近十數年的時間，母親一直是處心積慮地張羅著七個子女的金飾，直到七個子女都完成了終身大事，彷彿心頭上的重擔也卸了下來。哎！終於可以好好地鬆一口氣了。

回想那時成長的環境，雖然物質上不是很充裕，但精神上全家人一起胼手胝足，共同打拼，把家推向越來越好、越來越進步的環境，兄弟姐妹在父母的慈愛下快樂地成長生活，至今仍是一段很溫馨甜美的記憶。尤其是陪母親逛金子店成了我的「專屬任務」。買金飾是母親的最愛，每當母親拎了裝滿鈔票的小皮包踏入她信任的中興路上那家老字號「捷興銀樓」時，年輕的老闆總是耐心十足和氣熱情地招呼著，交易就在邊聊天、邊挑選的快樂氣氛下進行著。母親特別偏愛這家金子店，從來不跳槽跑到別家去買，可稱得上是絕佳的忠誠顧客。

母親眼光特高，對「美」的要求也極苛，不論是買一條項鍊子或是一個墜子、戒指，都十分挑剔，一方面要看款式好不好？會不會太老氣退流行？一方面要顧慮到重量與鈔票的平衡，太輕沒份量，太重買不起，有創意卻毫無美感的也不行……。所以，陪母親上金子店絕對不是一件「簡單的任務」，她會先挑出一些中意的，再來一件一件的仔細品頭論足一番，經過她嚴厲的初選、複選到最後的冠軍，其中耗費的時間也滿長的，好在我有極佳的修養和絕對的孝心，總能勝任「隨從軍師」的這個角色，我總在一旁提供我的看法、意見給她做參考。每當母親把皮包內的大把鈔票換成了一件件的「金首飾」後，心上臉上是快樂而滿足的，那意味著她對孩子的承諾與愛一直在持續兌現中……。

在我婚前職場工作的十年當中，我參與了母親無以數計的大大小小的購金大事，除了自家的兄姐弟妹們外，其中也有買給親友們「添妝」的及做週歲或滿月的。母親卻從來沒有買過金飾給自己，她身上經年累月戴的就只有一條她結婚時外婆送給她的項鍊，至今七十高齡了仍然配戴著，時時懷念著外婆從小辛苦養育她、教導她的浩瀚恩情，母親的身教給了我們一個非常好的典範。當我們各自成家後，我們也都有回饋之心。每逢各個節日時，有時用老套的紅包，有時就改以買金飾。所以，日積月累下來，母親的首飾金耳環、金戒指、項鍊、手鍊，大大小小地也逐年增加……。她也常說：人老了，上了年紀的人需要穿金戴銀的讓這些珠光寶氣來「增加身價」。

也許母親的觀念是正確的，環顧四周的親戚、鄰居、姑姨嬸婆的，那一個不都是戴著金閃閃的首飾？而每一件金飾都是有來由的，兒子送的、女兒送的、媳婦出國買的，或是老伴送的，每個人談論起來，互誇對方的款式標緻漂亮，彼此臉上也都洋溢著欣慰之色。首飾本身除了財富的價值外，也鑲嵌了親情與紀念性。首飾，還是有它獨特的代表義意的，難怪人人都喜愛。

母親買首飾時還常出現一個「狀況」，那就是每當她面對著經過初選後勝出的四、五件金飾而又委決不下該哪一件雀屏中選，而時間也挑了很久了，她會要求店家給她「帶回家」再請左鄰右舍來當評審精挑細

選一番。這個額外的無理要求，意外的是年輕的「汪老板」也常常乾脆豪爽地說：「好，您帶回家去慢慢挑，選好了再拿來還我。」也不用在簿子上記帳，光是在口頭上記清了件數就好。這真是太離譜了，那是貴貴的「金子」耶！不是衣服可讓妳帶幾套回家好好對鏡試穿，穿到滿意為止。可見那時民風純樸敦厚，店家與顧客之間培養了一種絕對的默契與信任，彼此以誠相待，總能順利完成一次次的生意，也難怪老媽總是忠誠地非此家的金飾不買。

關於「首飾」，我自己也有一件記憶深刻的事。在我結婚出閣那一年，正是金價狂飆到最高點的時候，一錢三千五百元，嚇得要買金飾的人都望而怯步。所幸咱們家老媽是深謀遠慮，我的陪嫁首飾早早就一切大大小小打點好了。所以，你漲你的價，我嫁我的女兒，母親一副老神在在的樣子，一樣風風光光的把我嫁出去。新婚的當天晚上，新郎只顧著在廳外陪著親朋賓客，冷落了我這新娶進門獨坐妝台前的嬌妻，枯坐望著鏡中的自己，一身金光閃閃，閒著也是閒著，自己動手卸下了一件件首飾，戒指、手鍊、項鍊、別針、耳環一一放在妝台上排排坐，順便再仔細欣賞一下。

不知過了多久，他老兄才進房來，見了這些首飾即很自然的說了：「我們訂婚的那些首飾是向兩位嫂嫂借的，過幾天得還她們。妳也知道的，我剛剛畢業就成家，根本也無積蓄買首飾送妳，以後我再補給妳……。」「哦！」我聽了後也沒多大反應，心想他說的也是實情。他的兄嫂要擔負著這一個大家庭（三家合住）的所有生活開支，又要供應小叔（老公）和兒子在台的學費、生活費，的確也不容易。如今他畢業回金也有了安穩的工作，我自己也有收入，我們兩個人的生活還不至於

有問題。「首飾」只是世俗的禮節場面罷了！我根本不在意它是借來充場面的，我不在乎它是不是真正「屬於我的」。

當時，我馬上把訂婚的所有金飾用手帕包了起來，交給他拿出房門去「原璧歸嫂」，心上不起任何漣漪。結婚重要的是兩個人心靈的契合，在生活上有良性的溝通與互動，如此共同生活才能幸福快樂。而不在於那些冷冷硬硬金金亮亮的首飾。何況，要首飾，我自己也有一堆啊！再而，那一年的金價確是貴得不像話，使得我的親戚為我「添妝」時都只能送一個薄薄的鴛鴦別針，聊表心意祝賀。

我個人喜歡自由自在，向來不喜歡在身上配戴任何東西。因此我不穿耳洞、不戴耳環（只在結婚那天戴一次），不戴項鍊、手鍊、玉環、戒指。三天歸寧時為了要顯顯新娘子的喜氣，不能免俗的佩戴了一堆金飾回門。一回婆家後馬上打包收藏，娘家送我的閃亮亮的金飾從此打入「冷宮」不再相見。我嫌戒指上凸出的裝飾妨礙了我做家事時鉤到抹布、衣服什麼的；我嫌項鍊、手鍊、玉環、耳環在身上碰碰撞撞，沐浴、換穿衣服時拉拉扯扯地很不方便。雖然它們都很漂亮，都想討得我的芳心，獲得我的青睞對她們垂憐眷顧，但是鐵石心腸的我終是不屑一顧，我辜負了她們昂貴的身價。

首飾於我，除了世俗場面上的道具外，似乎也無任何意義，首飾於我，今世更是無用武之地。自從把首飾冰凍起來後，十數年了，我向來沒把她們挖起來再仔細欣賞一番。我想，這些個首飾以後還是平分給三個孩子吧！我留著也沒用，將來也不可能帶走。我要的只是心靈感覺的充實與快樂自在，不是這些耀眼冰冷的東西。

青春年少時與母親逛銀樓挑選金飾時的歡樂趣味成了一段段往事。如今的金價也不偌往昔有著那麼好的身價，現在買個金飾倒也像個普通商品似的稀鬆平常，年輕人不論男女戴條有份量或是精緻美麗的項鍊也比比皆是。甚至小學生、小娃娃脖子上戴條金項鍊也十分普遍不足為奇。金價的價格大眾化與人人買得起金飾，在在顯示了民生的富裕，與往昔當年的物以稀為貴，實在有著天壤之別。

婚後幾年，為了「洗刷」老公當年沒送我「訂婚首飾」的紀錄，我也把他的薪水拿一部份去買了條漂亮的項鍊，就當是他送給我的。老公說：「每個月的薪水都交給妳了，妳愛買什麼就買什麼，反正我又向來不過問妳財務方面的事……。」說的也是，一向很大男人主義的他，倒是從來不查我的帳，一切開支讓我隨心所欲不受限制，只是從小節儉成性的我也不會胡亂花費作無謂的開支。至於那條美麗又份量夠重的「項鍊」，快二十年了我仍是沒佩戴過它。

也許，我天生就是個首飾「絕緣體」！老媽就常叨唸著我說：「又不是沒給妳金飾嫁妝，為什麼總是不戴呢？看妳脖子上光禿禿的，手指、手腕上也空空的多難看，妳老把那些首飾收著做什麼呢？」我也總是答著：「我嫌它們麻煩。」想想，我的這些首飾們也實在夠鬱卒委屈，它們終年不見天日，究竟要等到何時才有大展容顏的機會呢？也許，等有一天我老了，上了年紀了，觀念會改變，不用再洗手下廚作羹湯，不用再做那麼多繁瑣的家事，可以悠閒自在地過完完全全屬於自己的日子時，為了增加自己的「質感」，也會隨俗珠光寶氣地戴起金項鍊、金手環、金戒指的大秀一番吧！

小木馬

猶記得初次到民生路的佑明眼科看診時，一進門就被一個淺墨綠色的東西給吸引住了，那是一隻小木馬。不！正確來說，它只是一隻「小馬」罷了。它是塑膠材質（完全和「木」字沒關係），看來很輕巧，造型非常卡通，黑白分明的眼睛，十分的卡哇伊。我不禁眼光直直地盯著它猛瞧。它，勾起了我兒時的孩童記憶……。

我的家位於一條窄窄的巷弄裡。正對面住著林家。林家夫婦可說是俊男美女的組合。林先生逢人會笑一笑打個招呼，林太太娘家家境不錯，長得很漂亮，有一種大小姐的氣質。她不太愛和左鄰右舍來往，比起周圍住戶親切、隨和的太太們，她總是一臉高傲，看了令人敬而遠之。

可小孩子是純真無邪的，年齡相近的都玩在一起嬉鬧，更常「妳家就是我家，我家也是妳家」的串門子、玩遊戲，感情好得不得了！但林家小孩就沒我們那麼「自由」了，她們家教森嚴，那能

時時常常和我們瘋在一起呢！當然，家境比較寬裕的林家，無形中也成了我們玩耍的「禁區」。

有一天，不知是哪一種因緣，我無意中進入了林家，到了客廳，一眼就被擺放在地板上的那隻小木馬給牢牢勾引住。啊！那是一個我從未見過的新奇又好玩的玩具。那木頭的材質本身就有一種古樸的美，再加上雕刻精細，色彩鮮明，看來真是栩栩如生。孩童愛玩的本能讓我不加思索地就跨越上去坐著，兩隻小手緊抓著握桿，高興無比的搖搖晃晃了起來。當時，也沒細看冷傲的林媽媽是否面露「不悅之色」？喔！小孩子哪管那麼多？玩具，一直是我們的最愛。更何況這是一個高檔的玩具，不是普通人家都買得起的。

從此之後，我深深愛上了那個「小木馬」，喜歡那種輕輕搖搖晃晃的感覺。也許是出於襁褓中對母親慈愛的擁抱、溫柔的輕搖、溫馨的輕拍入睡所留存的一種記憶與依戀。而小木馬它延續了這種奇妙的感覺……。但它畢竟是屬於門禁森嚴，彷若深宮大院的林家所有物。而林家小孩也不是我們這一掛的。

因此，只要偶爾逮到機會和林家小孩玩耍或跟隨大人進入林家時，我一定衝去搶坐小木馬。當然，有時也會有眼巴巴乾瞪眼的時候。因為，那個小名「愛哭ㄟ」的林家小弟也正在「自得其樂」的搖搖晃晃一番哩！這時候極度失望的我只能依依不捨地頻頻回首望著小木馬，不情不願的踏出林家……。後來，林家舉家遷台了。我再也沒機會看著或坐上我心愛的小木馬了。

新搬來的住戶是個普通人家，每天左右兩個「龍虎門」門戶大開，我們這群小孩終於得以自由出入以往的「林家」大戶，得以穿堂入室在走廊、院子、客廳跑進跑出，更可一窺林家整個偌大的後院面貌。而儘管林家人已搬走了，但我腦中深深烙印的那隻小木馬卻依稀彷彿留存在那客廳中，仍在等著我去搖晃它。

上了小學後，校園內也有許多遊樂設施。每節下課後大家都「飛奔」前往佔位子玩樂。舉凡翹翹板、搖搖船、盪鞦韆、轉飛機、溜滑梯、爬方格、攀圓形球……，都人滿為患。而儘管這些各形各色的遊樂器材我都玩遍了，但是，我心中的最愛仍然是那我孩童時期的那隻小木馬。如今想來，是否越得不到的東西才越覺得珍貴？而輕易得到的反而覺得稀鬆平常……。

因著兒時的記憶，我對那種擺放在地板上，可自由搖晃的小木馬特別偏愛，特別有感覺。偶爾在不經意的環境、場所中發現了小木馬的身影時，往往令我眼睛為之一亮，不免來個「深情的注視」。如今，隨著時代的變遷，科技的進步，木頭材質的「小木馬」已悄然消失，取而代之的是大、小型遊樂場高低起伏的「旋轉馬」。只要投下硬幣，啊！叮叮噹噹的音樂聲響起，這一匹匹的「電動馬兒」就點頭奔跑了起來。每個小娃兒的臉上都洋溢著歡愉的表情。轉了幾圈後音樂嘎然停止，意猶未盡仍捨不得下來的孩童不是被硬抱著下馬，否則就是家長再猛投銅板……。每當我到夜市逛時，就常會站在這場景中觀望一下。可也總覺得這「電動的世界」，無論是多新奇好玩，卻總是感應不到自己親身參與的樂趣。喔！我還是喜歡那可隨意搖擺的小木馬啦！

有天，因為眼疾再到診所看診，晚間那時段人還不少，掛了號後我就坐在舒適的椅子上靜候著叫號。這時候門又咿咿呀呀的被推開了，進來了一位年輕、甜美的媽媽，帶著兩個小男孩。大的哥哥一入內就搶佔了那台淺灰色的車，握著方向盤開心地轉圈圈，繞這裡繞那裡。小的弟弟就一屁股坐上角落裡可愛的小馬。他雙腳著地，身子猛搖。我靜靜看了一會兒，小弟弟面貌清秀，

非常可愛，笑起來還有一對迷人的酒窩。雖然他臉上掛滿了燦爛的笑容，但看他使勁地前後搖擺得很吃力的樣子，我心裡在想：你這是在暖身嗎？到底要什麼時候才把腳踩在那圓弧形的「踏板」上呢？我又觀望了幾分鐘，後來實在忍不住很「雞婆」的走過去，蹲下來指著踏板對他說：「弟弟，你要把腳放在這裡，這樣馬才能搖起丫……。」小朋友從善如流，當下馬上將雙腳踩在那圓弧形的「踏板」上，再度開心地前後擺盪起來。哇咧！這回不是蓋的，看他一副輕輕鬆鬆駕馭這隻小馬的表情，就知道他有多快樂了！

再而，對於這隻「小木馬」，看到它的「色系」，讓人很敏感地想問問醫生：「你是『藍的』還是『綠的』？」更想一探究竟，啊！是貌美氣質優的音樂家夫人還是活潑可愛的女兒，這麼有眼光地挑選了這隻可愛的小馬來做為孩童的玩具。我更暗地裡下了一個心願：等將來兒子「紅鸞星動」時，等我升級當了奶奶後，一定要買一隻小木馬給他們玩，也好一償我孩童時期的夙願……。

過年的新衣與春聯

哎喲！時間過得真快！驀然驚覺怎麼才一眨眼又要「過年」了？想想又老了一歲，真令人不寒而慄。

老實說，以小女子這把年紀，對過年實已是「超冷感」，過年也是一天，沒啥不一樣，莫非人一有了點年紀後都已「歷盡滄桑」而變得「麻木不仁」？抑或是如今生活水準提高，物質享受應有盡有，對「過年」自然而然地就少了一份熱切的渴望與期待？或言之，兩者都有吧！

好懷念兒時的過年，記憶裡處處飄滿了溫馨及單純的快樂與幸福。我們家有七個孩子，我排老三，小時候家境小康，父親賺的錢剛好只夠全家溫飽。過年時，就如書上所說「小孩們穿新衣、戴新帽、手拿壓歲錢，一片喜洋洋……。」是啊！以當時的民生背景，一年到頭也只有這一天才能名正言順、冠冕堂皇地從頭到腳穿上一身「新衣服、新長褲、新鞋子」，還有一個「意思一下」的紅包。看看我們家七個小孩，如果每個人都來上這麼「全新」的一套，那要支出多少時日的伙食費啊？

所幸，勤儉持家的老媽天賦異稟，無師自通的學會一手好洋裁，又擅於「化腐朽為神奇」，過年的前幾個月就趕緊抽空為我們四姐妹製作「過年的新衣」。

其實，說「新衣」，也不完全新！因為，那全是在台的姨媽寄來的一些表姊穿過的都還七成新的衣服。此時，母親就會挑揀出幾件比較有質感又花色好的把它們一件件分解拆開，再以我們的衣服尺寸依樣畫葫蘆地裁剪、縫合。

老媽不僅手藝不賴，創意巧思更是一級棒，四件冬天的外套，領子、口袋、裡襯一應俱全外，還親自繡上美麗的花樣，為我和大姐做的棉襖還巧手滾上細邊，花結扣也是自己設計的，兩個妹妹的外套有的單排扣，有的雙排扣。

大年初一的早上，我們四姊妹都喜孜孜地穿上媽媽愛心縫製的「新衣」，件件美觀大方，穿起來十分合身，和商店賣的成衣比起來可一點也不遜色呢！

很多年了，我們都是這樣穿著「媽媽做的新衣」長大的，而三個男生們則是用買的（因為寄來的包裹都是女裝！），當我沒繼續升學而選擇就業時，前幾年的日子我都是通通穿著表姐的衣服上班，表姐身材和我差不多，此時媽媽不用再費力勞神的修改重組，而我也省下一筆「治裝費」，每天一樣漂漂亮亮的出門。

媽媽做的新衣

時至今日，生活水平大大提高，昔日艱苦的生活場景已不復見。金城莒光路的老街，往昔屈指可數的幾家「衣店」，如今已是五步一家，東門菜市場的那兩條街也不甘示弱，攤販雲集，舉凡童裝、成衣、男裝、老人裝……等，貨色齊全應有盡有。

民生四大項食、衣、住、行的「衣」在今日已是人人垂手可得。尤其是愛美的女性，誰家的衣櫥櫃子裡不都是「衣滿為患」？而糟糕的是女人們打開衣櫥，總會感覺到好像永遠「少了一件」，上街時又愛逛服飾店，見了衣美價廉或是認為質感與價格「尚稱合理」者，不買又十分可惜，如此周而復始，時日一久「衣類」自然泛濫成災，擠爆了各個櫥櫃、抽屜……。

小女子從小在老媽「勤儉持家」的宗旨下「耳濡目染」，自然也承襲了她老人家的「真傳」。因之，對於購衣一事，總不買什麼專櫃、名牌，我買衣價格一定平價，地攤貨一樣穿得很有感覺，一樣「水噹噹」的。

少女時期，過年時我也總得犒賞一下自己，免不了從大衣到鞋子也來一套全新的，沾沾過年的喜氣歡樂味。

婚後，育兒時期，對於「過年的新衣」倒全淡化了，極少再買什麼「過年的新衣」來「應景」。因為，焦點都轉移到孩子身上。在一年過一年中，思想、心態觀念一直在轉變。心想：只要每天自在的生活，快樂的過日子，全家人都平安，那每天都是好日子，每天都有過年的好心情！

現今生活大家都頗寬裕，要吃，上館子十分方便，要穿，隨買隨穿，大家「居有屋，出入有車」，要娛樂，也各隨所好，誰還像我們小時候一家人圍著大圓桌，期待除夕夜的那一頓「年夜飯」？彷彿一年到頭就只有除夕夜這一頓最豐盛、最美味！

過年，好偉大的日子，好期待、好興奮，就連除夕夜響個不停的「鞭炮聲」也讓我們姐妹高興得睡不著，好像聽著「年」的腳步聲慢慢地一步步地走過來、踩過來了……。渴望著天一亮，就可以穿上媽媽做的「新衣」了。現在呢？只要你高興，天天都有新衣穿，天天都可像過年。

時代的進步，物質的提升，一切垂手可得，內心反而無啥深刻的感受與期待。我想，現在的孩子們與其說期待「過年的新衣」，不如說更期待的是「過年的紅包」來得真切實際吧！

而我，屬於我兒時所擁有的過年的新衣，那份深濃的感覺永遠留存在我內心深處，所幸，在我們姐妹合照的有點憨味的黑白相片裡還留有著「新衣」的倩影。

即使是如今我已為人母，我摯愛的母親對我們這些都已長大、也各自成家的孩子們仍是關愛有加。有時候她老人家也會為內外孫女們買上一套過年的新衣，孫女們穿了新衣都不忘說著：「這是我阿嬤買給我的喔！」

說來慚愧，仔細想來，我這做女兒的倒從來沒買過一件過年的新衣「回饋」母親，因為都有大姐和嫂嫂輪流在孝敬她。老媽總疼著我說：我衣服夠多了，妳不用再買來湊熱鬧吧！妳只要有空時多陪我聊聊天就夠了。是啊！我只要做她無所不談最貼心的女兒就夠了！無形的善體親心和一件件昂貴的新衣相與比較，同樣都是「愛的表達」，雖然形式有所不同，但孝心是一樣的啊！

啊，快過年了喔，嗯，也許那天我該挽著老媽的手去逛街，然後大聲地對著我親愛的老媽說：「媽，我買一件過年的新衣給您。」

春聯

咱們中國人過年要貼上紅紅的春聯，而有關春聯的由來是因為在古老古老以前有一個「年獸的故事」，相信大家都已耳熟能詳。

我很喜歡這個故事，因為內容說得十分「合情合理」，很配合我們中國人喜歡紅色的帶有喜慶味（在當時是代表火光），加上放鞭炮及敲鑼打鼓（剁餃子餡聲嚇跑年獸）都十分熱鬧喜氣，把過年的歡樂年味表現無遺。

小時候並不知道貼春聯的由來，當然更不知道有所謂「年獸」這個傳說故事，只知道過年貼春聯，老爸可就「有得忙」囉！

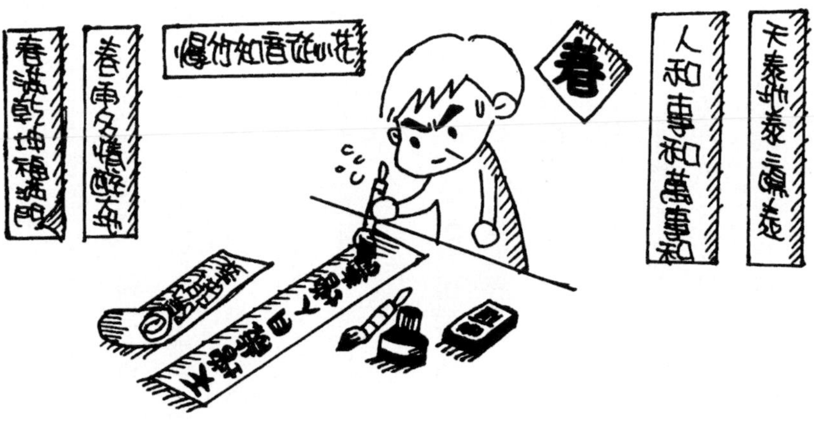

老爸寫得一手好毛筆字，鄰居、店邊商家、親戚朋友都知道。所以，只要過年，大家都來紛紛來「訂」春聯。一有空老爸就先把各家買來的紅紙割一割，然後一家一家的各自放好，晚飯後媽媽收拾好碗筷空出餐桌來，老爸就開始準備動筆寫春聯囉！

我們幾個小蘿蔔頭就圍在桌邊瞧老爸揮毫大顯身手，一邊看一邊幫忙移開已經寫好的上聯，我們小心翼翼地捏住春聯兩邊，眼睛一直注意著不要讓未乾的墨汁岔出來，那就要害老爸再寫一遍。我們先把寫好的春聯拿到房間去放著讓墨汁乾，也要注意春聯的配對絕對不能搞混，否則讓人家貼錯可就貽笑大方糗大了。

房間的床鋪上、桌子上、上下層的單人床上和地板上，只要有擺放的空間就都躺滿了春聯。一到房門口就看到紅通通的一片，一張張春聯乖乖地在那兒「待乾」，十分有趣的畫面，至今仍印象深刻哩！當房間擺滿了時就擺在客廳，隔幾十分鐘後老爸會休息一下把已乾的春聯一幅幅收好，再一家一家的寫上名字包好。

有時這些瑣碎的事也會由大哥、大姐代勞，我和弟弟、妹妹們只負責拿去擺放就好了，感覺十分好玩，我們一邊看一邊擺，還會唸著春聯上的字句，碰到不懂的字或不解其意者就問大姐。大姐功課一把罩，永遠都是班上第一名，永遠都當班長、模範生。她個性很好，總會不厭其煩地解釋給我們聽。

老爸白天在店裡做工，晚上寫春聯，當然不可能一個晚上就搞定，通常要連續趕工寫個幾天，沒得休息實在也很辛苦。可一年也才只有一次機會來「服務」眾家親朋好友，所以來者不拒，絕不推辭。

往後幾年，字也寫得很棒的大姐也有幫忙「代筆」，分擔老爸的工作。而對於老爸的一手好毛筆字，我們家真正傳承者是最小的添弟，他肯受教學習，因此得的獎狀都來自書法比賽。當然，大姐、大哥寫的也不差，就唯獨我最沒耐性，我很怕麻煩，叫我一筆一劃慢慢練，簡直要我的命，所以至今寫的字仍是「其醜無比」。

我沒本事提筆上陣寫春聯，可有興趣對各家門戶所貼的春聯字體一一品頭論足一番。過年嘛，我們會去找同學一起去四處逛逛，經過大街、小巷，我們邊漫步談笑邊仔細地一家家欣賞春聯，有的寫得很不錯，有的寫得不怎麼樣，有的寫得簡直是我的翻版和我同一國的。也許有人會覺得我們實在是「超無聊」的，可是春聯貼了就要有人看嘛！過年我們出去逛當然就「順便」欣賞一下囉！

這也是我們過年的樂趣之一呢！

過年貼春聯，到處一片喜洋洋。可是它也有「致命殺手」呢！那就是千萬不要碰到「下雨天」，大雨盡情地傾盆而下時，哇！那美麗漂亮的豔紅色春聯馬上變臉，跟著雨水哭得稀里嘩啦的可慘了。一場雨沖刷下來，眾家春聯馬上黯然失色慘不忍睹。這時候愛漂亮的母親就會把這些春聯撕下，叫老爸再重新寫上一組，雨過天晴時再來貼一遍。

我最怕下雨天了，不僅不能出去玩兒，還要再來補貼春聯，因為，貼春聯也是我的工作之一。我覺得貼春聯好麻煩喲！要搬板凳，要提媽媽煮的一小桶漿糊，要拿刷子刷背面漿糊，春聯若是貼歪了，老媽看了不及格還要說一頓，還要重貼。老式的平房前後兩落厝的門、窗特多，真是受不了。所以，我最怕老天爺變天哩！

時代在進步，如今春聯物美價聯，各種紙質、等級都有，尤其是雷射的，那亮亮閃閃的還配有鳳梨、橘子、蝙蝠等各種美觀的吉利圖案，最重要的是它不怕風吹雨打，貼在門邊，真是又漂亮又大方，背面又有自粘膠布，貼春聯不用再那麼麻煩啦！而一向愛漂亮的老媽，自然也跟得上時代的腳步，從此以後就買閃亮的雷射春聯，老爸自此也樂得清閒。

哎！又要過年了，想起兒時的過年情景，媽媽忙著趕做我們四姐妹的新衣，老爸忙著寫春聯，走過的昔日歲月在記憶中仍是這麼鮮活溫馨，仍令我懷念深深……。

今年過年，我們家不能貼紅豔豔的春聯了。人世無常，想起去年婆婆她老人家還開心地發給每一個孫子們紅包，今年卻已遠在天國，看看門戶上去年的春聯雖已不再閃閃發亮，但猶尚「可看」。啊，在世俗禁忌下只好讓它們在門戶上繼續留守著。就等來年再來除舊佈新一番吧！

糖菓

十個小孩當中總有九個「愛吃糖」吧！小孩不吃糖，好像有點說不過去的怪異。

記得小時候我也特別愛吃糖，那時「錢很大」，一斤白菜以「角」計算，喜宴請客送禮的紅包以當時行情是二十元（算很有面子了！），大部份是送「一塊布」當賀禮。言歸正傳，四十年代民生物資缺乏，我們一家七個小孩當然不可能有什麼「零用錢」，老爸收入好一點時會給我們二角三角的零花，有時候給個「五角」銅板時真是樂翻了！

我們家附近有間小雜貨店，除了賣民生用品及南北雜貨外，當然也賣「糖果、餅乾」。啊！那是我們這附近住家所有孩子們的「最愛」，可是不見得人人都買得起，更遑論「常常光顧」了。我們家算是中等家庭，談不上富有，也不至於很貧窮。所以，只要我手頭上「有錢」，就興沖沖地跑到「世貢伯」開的小店去，站在那高矮不一的

櫃子前，看著那一罐罐透明塑膠罐內五顏六色的糖果，仔細挑選那一種才是我的最愛。因為「經費」有限，不可能每一種都買，看看那瓶罐內有橘子造型糖、有紅、黃、白、綠的「彩球糖」，上面還沾滿了顆粒狀的白砂糖哩！有紅白綠三色一體的「軟糖」，還有「花生糖」……等各種形狀、顏色不一、誘人垂涎的糖果。

每個人都喜歡嚐鮮，我更是個好奇寶寶，每一種糖果我都要「吃吃看」比較一下，那一種最合我口味？哪一種不喜愛就少買。在經過我嚴格的「品嚐」之下，獲得冠軍的我的最愛是「花生糖」。

花生糖長方形造型，厚度大概是一公分，長度三公分，用一種透明的玻璃紙包著，一顆一角錢（其它糖果也是同價），放在口中嚼起來，香香脆脆的芳味四溢，好吃極了！從此我就只鍾情於花生糖，就算手頭上只擁有一角錢，我也要興高采烈地去買一顆花生糖來吃吃，那脆脆香香甜甜的口感，那齒頰留香的滋味，嗯！感覺好開心。現在想起來，就只是一顆糖，童稚的心就溢滿了幸福、滿足，多麼單純的快樂啊！

我對花生糖的「眷戀」到何時開始淡了呢？我已經不記得了。也許是隨著年歲的增長，隨著思想的改變，長大了還那麼「愛吃糖」，好像是一種幼稚的行為。而隨著時代的進步，民生物資的日漸豐裕，

「錢」的價值也愈來愈小，一角錢能買一顆糖已不復見。隨著我們七個小孩的日漸長大，老爸身上的擔子也愈來愈重，我也沒零用錢再三不五時的跑到小店買糖吃了。好吃的花生糖逐漸退出我的生活，是否人長大了總要捨棄一些什麼？遺忘一些自己所曾經眷戀喜愛的事物？

而在時代巨輪不斷的轉動下，各類商品越來越精緻，糖果，自然也不例外。除了注重口味外，更講究包裝。因此，也開始了我的第一項嗜好，那就是「收集糖果紙」。

吃完糖後的我，總捨不得丟掉那五顏六色印滿不同圖案的玻璃糖果紙，我把它們洗乾淨後，有時用衛生紙擦乾，有時就放在陽光下曬，然後一張張把它們夾在書本裡壓平，沒事時拿出來翻一翻、看一看。

我喜歡這些小小的、薄薄的一方彩色世界，各種的顏色及圖案，動物的、植物的、陸上的、海洋的、各種的圖形、線條，三角型、四方型、弧型、圓型，各種的設計，看了就是非常喜歡而不忍丟棄。如今回想兒時的一切，這些「糖果紙」原來就是我最初接觸到的活動的「美勞教科書」。從小潛意識裡對於這些豐富的色彩、生動有趣的圖形就特別敏感而喜愛。它們的影像深嵌在我腦海裡，我愛上了「美勞」，畫畫、剪剪貼貼，自己動手做些小東西，生活充滿了樂趣。

中秋節時，那時的月餅禮盒內會在空隙處塞滿細細長長、捲捲曲曲的彩色玻璃紙，大部份是紅色、粉紅、黃色和綠色居多（水果禮盒也是如此），我和妹妹們也好玩的把較醜的淘汰的糖果紙捲成一長條，拿把剪刀細細地剪，也做出了一堆玻璃紙墊，用在辦家家酒上，放在碗內就當麵，放在杯子內就當冰淇淋，哪還需要花錢買玩具呢？老爸甚至還教我們用糖果紙摺高腳杯，摺小小的人形、摺小船，吃了糖還有糖果紙可欣賞、可玩，那時候我們可真是做到了「物盡其用」，而且還化腐朽為神奇哩！

甜甜的、漂亮的、好吃的糖果吃在嘴裡，甜在口中、心中，感覺是輕鬆自在的。試問有誰情緒惡劣、心情不好時，還有興致買糖果或隨手拿起家中原有的糖果來吃呢？所以，糖果的另一層意義是代表著「歡樂、甜蜜、喜氣」。糖果，更是喜慶節日中不可或缺的「重要角色」。訂婚了，禮盒內就有一盒造形精緻的「喜糖」，以我對於美的物件愛收集的個性（唯獨不收集鑽石、珠寶，因為沒入「侯門深似海」的豪門。），自然又收集了一些精巧美麗的大大小小的糖果盒，放些自己喜愛的小玩意，糖果盒霎時變身為我的「藏寶盒」哩。

記憶中在訂婚禮盒內加入「喜糖」的創始者應該是「掬水軒的情人糖」吧！那糖果紙的正中央印的就是一顆心，上寫情人糖三個字，有各種顏色的心，內襯銀色錫箔紙十分漂亮，糖果外層是硬硬脆脆的，內層包有不同口味的餡，有酸的、有甜的，唯獨沒有苦味、辣味。我們常說人生是酸、甜、苦、辣百味雜陳，但在甜蜜歡樂的糖果世界裡，它只想帶給人們那最美好、最幸福、最歡樂的甜蜜蜜的滋味啊！

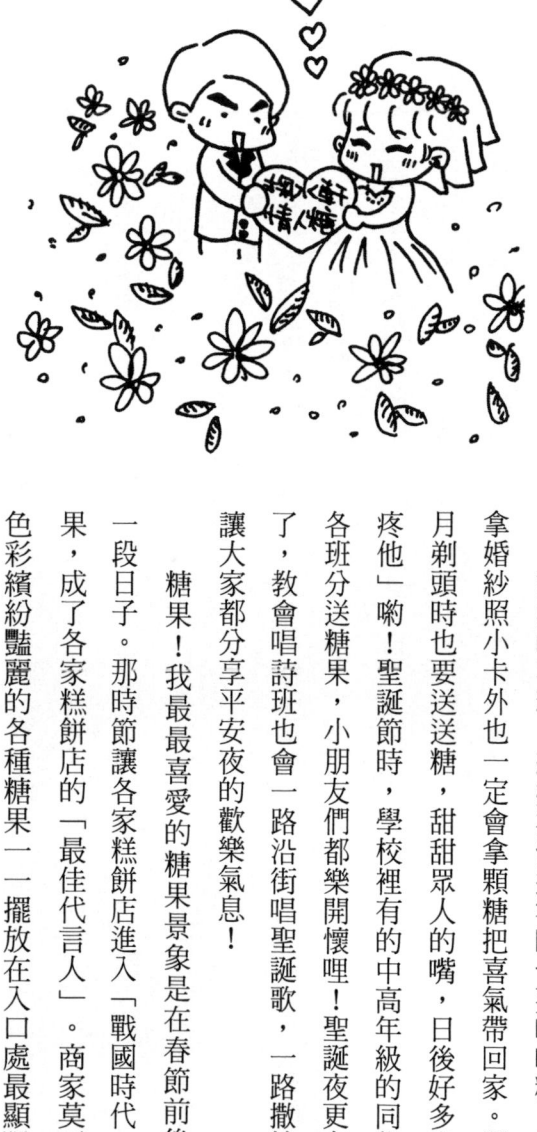

孩童時的「花生糖」離我已很遙遠了，年少時我最鍾愛的糖果是「情人糖」，當家中親戚朋友家有喜事時，只要是有「情人糖」我就霸佔慢慢享用！爾後，就連我訂婚婚時也選用「掬水軒」那有情人糖的禮盒。

訂婚吃喜糖，結婚宴罷送客時也要吃吃糖。我除了拿婚紗照小卡外也一定會拿顆糖把喜氣帶回家。嬰兒滿月剃頭時也要送送糖，甜甜眾人的嘴，日後好多多「疼疼他」喲！聖誕節時，學校裡有的中高年級的同學會到各班分送糖果，小朋友們都樂開懷哩！聖誕夜更有氣氛了，教會唱詩班也會一路沿街唱聖誕歌，一路撒糖果，讓大家都分享平安夜的歡樂氣息！

糖果！我最最喜愛的糖果景象是在春節前後的那一段日子。那時節讓各家糕餅店進入「戰國時代」，糖果，成了各家糕餅店的「最佳代言人」。商家莫不把那色彩繽紛豔麗的各種糖果一一擺放在入口處最顯眼的走廊。這是糖果一年一度的「嘉年華會」，當然竭盡所能地「賣力演出」展示著她的萬般風情！五彩繽紛的糖果盡職地裝飾著街道，整個年節的氣氛被襯托得歡樂了起來，不買個兩三斤帶回家來彷彿很愧對她似的。我想，如果過年時少了糖果這最佳主角，那整條街都將「黯然失色」的「了無趣味」了！而當妳到親朋好友家拜年，在互道「恭禧恭禧新年好」時，別忘了一定要拎顆糖吃吃甜甜嘴巴囉！

有的商家更是經年累月的在進門的顯要位置或收銀機旁擺盤糖果，喜歡吃糖的客人就隨手拿一顆，邊吃糖邊挑選貨品。吃了糖，總不好不光顧一下而空手出門吧！

現在我才知道原來我愛吃甜食愛吃糖的喜好是得自老爸的遺傳。老爸特愛吃糖及甜食，別人是「飯後一枝煙，快樂似神仙」，我老爸是飯後一顆糖，快樂似神仙。有時我也會替老爸準備一小罐糖果放在街上的店裡，讓老爸慢慢享用，可老媽這幾年都告誡老爸說：「那麼愛吃糖，小心得糖尿病。」最近更變本加厲地盯著要他「少吃些糖果，甜食」，為了他老人家的健康著想，弄得如今老爸連吃糖的樂趣都不能「隨心所欲」了。但我看年近八十的老爸對吃糖而言，似乎天生的就有一種「免疫力」，身體硬朗，也不胡亂發胖，叫他不吃糖，那才難過呢！

這幾年，小女子發覺自己也越來越像老爸，總要來顆「飯後糖」，不吃個甜的甜甜嘴巴，就好像這頓飯「沒吃飽」似的怪怪的。老公見我如此「肆無忌憚」地吃糖果，也和老媽一樣的口吻警告我：「妳一直吃糖，小心得了糖尿病。」唉！「糖尿病」？什麼糖尿病，我真為糖果叫屈，明明是歡樂、喜慶的化身，卻無端背負了這惱人聽聞的病名。

童年時期的「花生糖」已留在記憶裡，青春年少的「情人糖」陪伴了我少女時期的無限憧憬。而今我喜歡的是「牛軋糖」和「酸梅糖」，牛軋糖的由硬變軟，在口中越嚼越有滋味，似乎也代表了我們的個性，由硬邦邦的不懂人情世故到柔軟圓融、通情達理、應對進退一切得心應手。那口中的餘香、心中的滿足，越軋就越甜。而酸梅糖呢？一陣酸一陣甜的，是否也顯示了我們人生的起起伏伏，有時哀愁痛楚，有時甜蜜快樂！人生總處在酸與甜的相互交替當中，而如何平衡這不同的滋味，就看各人的智慧了。

當老師的小妹從小就禁止她寶貝女兒「吃糖果」時，我們都為小琦琦打抱不平，童年只有一次啊！剝奪了小孩子吃糖果的樂趣，真是殘忍。不過所幸現在她這老媽大人已漸漸「解禁」，允許小琦琦「吃糖果」了，因為小琦琦從小到大都「勤於刷牙」，吃糖果，也不再像「洪水猛獸」似的那麼可怕了！

我們也常喜歡聽「讚美的話」，但有些讚美言詞如果是過於誇大或言過其實，我們又說他她們嘴太「甜」了，是否「吃多了糖？」近年來佛教界的星雲法師和證嚴法師們也一再大力提倡我們要「口說好話」，而好話要發自於內心的真誠。好話，當然我們也愛聽，但若是「皮笑肉不笑」的笑裡藏刀，阿諛奉承，那我們寧可敬謝不敏，切勿讓「口蜜腹劍」玷污了糖果那甜甜的美名啊！

小溪

記憶中總有一條清澈的小溪在靜靜悄悄潺潺不斷地流著，流走的是歲月，流走的是我的青春年華，流不走是我童年的那一段歡樂時光。

猶記童年時，那時生活艱苦，也沒有玩具店，我向來也沒擁有個洋娃娃或什麼的。唯一的玩樂除了和附近同齡的小孩在巷子內玩捉迷藏，或到巷子外的沙堆玩沙及在家中搬些椅子、凳子拿些不用的碗筷玩辦家家酒外，最高興的莫過於是和堂姊到溪邊去洗衣了。

堂姐大我六歲，也不愛唸書，讀了兩、三年書就輟學在家做家事。每天早上煮飯、洗碗、掃地完畢後，就帶著一家人昨日換下的衣服到附近幾里外的小溪洗衣。瑞治堂姐很有愛心，她一手挽著籃子，一手牽著我的小手和鄰家的幾位姐妹淘一邊走，一邊談笑，悠閒地漫步在郊外的小路上，不一會就來到小溪邊，放下籃子，各自找到位置，就在一塊塊圓形的石板上搓

搓揉揉地洗起衣來了。

童稚時，我的喜悅是非常直覺而單純的。看著她們邊聊天談笑，一邊搓洗衣服，我這小毛頭又能做些什麼呢？站在小溪邊，我撿些小石子丟丟，只聽「噗通」一聲，水面上激起一圈圈的漣漪，看著小圈圈、大圈圈、一圈圈的擴大、消失，最後歸於沉寂，好似清澈見底的溪水是一塊好玩有趣的魔術板呢！丟累了，就蹲在溪邊，看著那溪水映著天空、映著白雲、映著樹木的倒影，不禁把小手兒往水中拍打一陣，揚起一朵朵的水花、水花濺到手背上，在臉上，只覺得好清涼好暢快喲！玩水玩厭了，就在溪邊四處走走，看看小鳥兒悠閒飛過林梢，看看牛兒低頭吃草，看看蝴蝶翩翩追逐嬉戲，童稚的心，就這麼容易興高采烈地填滿了快樂。

爾後，我上了小學，再也沒有老跟著堂姐到小溪邊去玩耍。讀中學時，堂姐也出嫁了，也不用每天挽著籃子去溪邊洗衣。至此，小溪在我心中雖未淡忘但卻逐漸地疏遠了。踏入社會後，天天上班，假日都躲在家裡睡大頭覺。十多年的歲月流

逝了，小溪的容顏只留存在記憶裡！最近，偶然不經意地路過小溪，卻發現小溪早已乾涸了，四周雜草叢生。歲月變遷，物換星移，景物全非。如今，家家戶戶都有洗衣機，再也沒有人三兩攜伴一起再到溪邊洗衣了。寂寞的小溪少了笑聲，少了人們的眷顧關愛，是如何的日日飲泣至衰竭呢？

啊！這條童年的小溪，屬於童年美好單純的快樂時光將永遠停格，珍藏在記憶的寶盒裡。

貝殼

到海邊去撿拾貝殼一直是我夢寐以求的一個心願，可惜到如今，一直未能一償宿願，連到海邊沙灘漫步都不可求，更何況希冀撿拾貝殼？依然只是個夢想罷了！

貝殼！貝殼！我僅能在有關海洋生物的書本上去認識它，一覽它們的風采。看著書中彩色扉頁裡一枚枚形狀各異、色彩斑斕的貝殼，真是令人心情愉悅。而更有趣的是她們都有著名符其實、美麗迷人的名字，如蜈蚣鳳凰螺、凱旋星螺、虎斑寶螺、真珠鸚鵡螺、七彩馬蹄螺、朱唇骨螺、珊瑚螺、峨螺……種類繁多，不勝枚舉，其中最爆笑的是荷包蛋寶螺，令人記憶深刻，忍不住大笑。我想，如果我是孫悟空，能將牠們一一變成實體呈現在我眼前，擺放在書桌上時時觀賞，那有多好哇！

猶記兒時，最愛在屋前製磚場兩座高高的沙丘上玩沙，更愛翻撥撿著貝殼。牠們模樣兒小巧可愛，花紋細緻美麗。我把牠們帶回家後裝在一個擦得光亮的玻璃瓶子裏，沒事時倒出來看看摸摸，自有一番樂趣，一種單純的喜悅及快樂。

去年夏天，母親突發興起飼養金魚。當快樂的魚兒悠游在母親精心為牠們佈置的家時，我盯著那魚缸看來看去總覺得魚缸裏除了細細圓圓的小石子及一株株的水草外，彷彿好像還缺了點什麼似的？直到後來大姊由友人處要來了十多枚漂亮美麗的貝殼放入魚缸後，忽然，小小的水中世界卸下了刻板單調的樣貌顯得綺麗多姿了起來。原來啊，貝殼，牠是水中的仙女，有著神奇的魔力！牠改變了水中刻板單調的樣貌。而我，沒事時更愛偷偷地從水中撈起一枚枚的貝殼放在手上細細觀賞把玩哩。

如果你愛海，一定也更愛貝殼。因為有人說，貝殼是海的孩子，蘊藏著無數海的秘密。是的，貝殼來自大海，一枚枚的貝殼，鏤刻著海的歷史，小小貝殼變化萬千的花紋就如那海的藍藍波浪。把貝殼放在耳邊，彷彿感受到了海浪的陣陣拍打聲，彷彿聽到了海柔情呼喚的一串串呢喃低語……。

望著那些外型玲瓏細緻、色澤漂亮、花紋優美的一枚枚貝殼，靜靜地點綴散佈在魚兒款款悠游的水中小天地裏，不由得我衷心讚嘆：貝殼，牠的確稱得上是自然界中最美麗的藝術品，也是大海賞賜給我們最精巧的獻禮。貝殼，以綺麗的容顏為我們洗滌了心上的塵埃，取悅了我們的心；貝殼，更在我童年時光中永遠珍藏著許多歡樂、甜蜜的記憶。

椅子

婚前在職場時領了一筆款項，什麼名目倒忘記了，只記得一萬五千元在當時是一筆大數目。我盤算著該怎麼來用這筆錢呢？放銀行嘛生不了多少利息，拿來治裝嘛好好打扮自己，這與我的個性不符，去買首飾將來當嫁妝，好像也沒必要，因為早幾年老媽老謀深算早就買得差不多了。想著想著，到底要如何才能有效的運用這筆錢呢？

忽然，看到客廳中那五張竹籐椅，彎曲的椅腳因掃地、洗地板拖來移去的早已殘破不堪。原本它們是就是國軍賓館內閱覽室裡所汰換下來的，我覺得外觀尚可就把它們搬回家物盡其用。那時生活實在不寬裕，父親一雙手要養一家九口，能買了一張方形餐桌和幾張圓椅子坐就很不錯了，那有餘錢再買什麼稱頭的客廳桌椅組？

看看客廳左邊擺的那兩張高背的沙發椅，那是經營冰果室的嬸嬸汰舊換新時拿來的。唉！鮮紅的顏色，高人一等的椅背，擺放在客廳裡實在不倫不類、顯得非常突兀可笑！可我們也一樣「坐」了好些年，直到我搬回竹籐椅才請它們真正地「壽終正寢」、功成身退。

客廳換了竹籐椅，這才稍稍像個樣子。冬天時就枕上母親親手做的背墊、坐墊，坐在上面舒服極了！不用再受那又高又直的椅背每日操練著「抬頭挺胸」的罪了。椅子，本來就是要讓人坐得舒舒服服的嘛！竹籐椅讓我家客廳有了「新氣象」，不再那麼彆扭。夏天時，竹籐椅更是我們的最愛，晚飯後我們總喜歡搬張竹籐椅到院子裡乘涼，或仰頭看星星、看月亮或和家人一起聊天，真是愜意極了！

我喜歡竹籐椅有著悠閒的氣味，喜歡它的輕便好拿，誰說它非得「固定」在客廳不可呢？竹籐椅在陪伴了我們好多年後，畢竟也是不堪我們的過度使用，其中幾張的椅腳已是岌岌可危快撐不住了，還是老爸用鐵皮加鐵絲來加強它的「腳力」。否則哪天一屁股坐上去摔個四腳朝天，那才慘呢！

看著這些竹籐椅，一張張的都已是一副老弱殘兵樣。我想，它們是否也到了該「光榮退伍」的時候？哦！這就對了，就這麼辦。當下我「靈光一閃」就私自決定，我要買一套桌椅組擺放在客廳。現在經濟也好轉了點，不用再撿這撿那的來充數。

我把想法告訴母親，母親也欣然同意，就等我放假時一起去傢俱行選購囉！

這天，我與母親到街上的傢俱行一家家精挑細選外加品頭論足一番。有道是「貨比三家」，如果隨隨便便草草率率地買了，到時越看越不順眼，那就糟了！我們在看了竹製的、皮製的、木製的各種桌椅組後，我和母親考慮再三，覺得咱老式的平房不適合放沙發椅，而竹籐椅固然有它的優點和美觀，但看來看去我們還是比較鍾情於木製的椅組，感覺比較能配合家中的擺設。

老式的平房客廳，都是客廳、餐廳、佛廳三合一，根本沒多餘的空間來各別區分，選購一套木製的古色古香的椅組，比較能和佛桌、餐桌鄉相襯。決定了那一組後開口問價，一問之下價格不菲呢！但既然看對了眼，當然不容錯過，雖然它已超出預算之外，但我們還是爽快訂了。店家說下午就可送貨，啊！真是太棒了，我們興奮地漫步回家，趕緊把客廳來個大掃除好擺放這套嶄新的椅組。

下午，我們熱烈期盼的椅組終於一件件的進入客廳。長茶几、小茶几、三合一椅、單椅都一張張的各就其位。我站在客廳的門檻上，眼光環顧這客廳，新添了這一套椅組，果然讓客廳一下子改頭換面、脫胎換骨的有了一番新氣象，變得非常地有氣質了起來。我越看越滿意，心中也很欣慰，想著這筆錢花得好，非常值得，我一點也不後悔一萬五千元一下子就泡湯了。雖然我可以拿來當作私房錢，但對一個愛家的孩子來說，回饋更勝過其他，何況，這也是我們家的門面啊！

結婚後沒想到我竟賴在娘家住了十年，每天和我所購買的這套椅組朝夕相處。這組椅子材質有夠好，非常堅固

耐用，在母親每日勤於擦拭保養之下，至今二十年了仍是無多大磨損改變，仍是那麼地美觀漂亮。母親就常說：「等我們以後遷台了，妳就把這套椅組搬去擺放在妳家三樓的佛廳吧。」可我不想父母親遷台，遷台後我就不能天天回娘家坐在椅組上和爸媽聊天閒話家常，我要的是父母的歡顏而不是這椅子啊！

※ ※ ※

搬入真正屬於自己的「家」時，小女兒才四個月大。所以新居的傢俱一切由老公做主「全權處理」，大部份是他親自赴台訂購，小部份就在鎮上購置補足。入厝當天，抱著一進新家就怕生得哇哇大哭的小女兒（嬰兒只會認她熟悉的環境）我大致地看了一下，妝台床組都還不錯，最不滿意的是客廳的沙發組，黑色本就不是我喜歡的顏色，

式樣又平淡無奇，看來又大又笨，真搞不懂老公是否「眼睛脫窗」才選這組？我雖然又抱怨又臉色難看，但一切都已各就各位又不能退回台灣去，只好「氣在心裡」，接受它今後將和我一起共度晨昏的事實。

一個家，客廳是很重要的，它不止是客人一踏進門的門面，更是家人聚集休閒聊天、吃飯看電視的場所。所以，一套適合客廳的椅組十足具有襯托客廳氣質的功用，為客廳無形中加分哩！偏是

咱家中的這套椅組，無論造型、顏色一點都未蒙得我的青睞。其實，喜歡也好、討厭也罷，在新家的日子裡，這客廳的「椅子」是極少和我接觸的。白天上班，下班到娘家接回小娃兒，四個月大還愛哭鬧不休的她，抱她哄她都來不及，哪有閒功夫好好坐上椅子輕鬆一下？

當小女兒讀一年級時，那也意味著我「新生活時代」的來臨，我好似被鬆綁了翅膀的小鳥，終於可以自由飛行。我和客廳的沙發椅組開始有了接觸，我特別偏愛那張單椅，它的右邊面向著窗，光線很好，正前方是長茶几剛剛好可放腳在上面，左邊是一張沒有椅背的方型沙發椅剛好可放書報雜誌。有空時我一坐上去就不想起來，那椅子坐起來舒適極了，我正可好好的放鬆心情看一本本的雜誌，看一張張的報紙，看累了就閉上眼睛先睡一覺再說。除此之外另一個令我喜愛的原因是它右邊靠牆的角落擺了個三角櫃，櫃子內放著我的保養品，每天早上洗好臉後，我坐在沙發椅上。啊！心情超愉快，因為，小女子的「美容時間」開始了！我左手拿著小鏡子，右手忙碌著拍化妝水、乳液、上粉底，最後的美麗密訣是擦口紅，到此一張亮麗有精神的「臉」就此完成也！

假日，我仍早早起床下樓，坐在那椅子上享受我的精神美味大餐。中午時陽光揮灑進屋，我會拿出小鏡子，在那椅子上，在這溫煦的午后陽光下整修門面，認真地擠擠鼻頭粉刺，或尋找揪出幾根白頭髮，或是仔細端詳看看是否又有哪條不知趣、不識相的皺紋膽敢給我跑出來？哎！女人愛美是天性，當然，平凡如我也不例外。

這張椅子，坐著坐著不知不覺中也越來越「深得我心」。但令人懊惱地卻出現了一個「勁敵」。就是我家那口子，自從他把電磁爐、茶壺放置在三角櫃中層，把原本置放在「茶車」的整組泡茶器具直接擺放在椅子正前方的長茶几後，只要他老爺在家，一坐上椅子，馬上就享受著他吞雲吐霧似神仙般的快樂，享受著他邊養壺、邊泡茶、邊看電視的「三合一」樂趣。只要他回家，見我「霸佔」著這椅子，無論如何非得請我這老婆大人「移駕他處」不可。初時我也很不高興，臉臭臭地說：「我不坐你也不回來，你就非得坐這張椅子不可嗎？」他一臉理直氣壯理所當然地說：「我就習慣坐這裡，再說這位置一直以來就是我在坐的ㄟ！」什麼話嘛！很過份哦，難道現在就不能「換人坐坐看喔？」看老公一臉「絕不相讓」、「永不妥協」的神情。想想算了，我倆真要為了這張椅子而有言語上的摩擦嗎？雖然我不認同他那所謂「專屬」的想法，但以小女子「賢」妻良母的特質，想著：老公又不是別人，自己人嘛就「讓」著他一點，不和他「計較」了。因此，只要他「在家」，我就不再和他「搶」那椅子了，何必為了這張椅子而傷了彼此的和氣。

　　平日有空時賴著那張椅子倒沒覺得有什麼不對，直到有一年暑假小女兒抗議說她長大了，該帶她去

台灣見識見識，她也好想和在台的表姐、表弟、表妹們過一個快樂的暑假。去台灣「渡假」，孩子們開心極了，但我可一點不快樂。因為，很不可思議的我竟然對那張又大又呆的椅子有了「思念之情」。雖然也照樣帶了每天早晨必用的保養品，雖然小弟家中也有一堆的書報雜誌，甚至小弟家的沙發椅顏色漂亮造型優雅，但我怎麼坐都感覺不自在不舒服，手上拿著的瓶瓶罐罐竟毫無興致去塗抹一番，拿著桌上的報紙、雜誌竟也無心閱讀。我坐在那漂亮的沙發椅上只是無精打采地看著八點檔的連續劇，離開了我坐慣了的椅子，讓我對「閱讀與美容」都失去興緻，每天渾渾噩噩過日子。

如果說有人有「認床僻」，那我此時驀然驚覺我有滿嚴重的「戀椅症」。啊！我想回家，好想回家喲！回到那「大呆椅」的懷抱裡。我早已不再嫌棄大呆椅笨拙的模樣，早已不再抱怨它的顏色，現在的我對於大呆椅相反的有一種「年久日深」的依賴之情哩！

※　※　※

家中的椅子群們有集「三千寵愛在一身」的大呆椅，當然相對的也有「打入冷宮」、備感淒涼的「冷板凳」！說起這些冷板凳，身價比起沙發椅組來可一點也不遜色。那就是「餐廳」的餐桌椅組了。五張椅子圍繞著圓桌，另五張椅子靠牆備用排排站。照理說，一天三餐若外加點心宵夜的，餐桌椅組「使用率」應該很高才對，事實不然，自遷入新居後一直習慣於邊用餐、邊看電視，一年三百六十五天就只有「除夕夜」的團圓飯和農曆「四月十二迎城隍」宴請賓客時的兩次晚餐派上用場罷了！

而那永遠「冷眼旁觀」靠牆排排站的餐椅竟然變成了我置放雜物的地方。甚至於有的時候連餐桌上也慘不忍睹橫七豎八地堆放了一些東西，餐桌椅沒用餐倒成了雜物這「不速之客」三不五時的棲息處，如果它們有知覺，心中一定滿鬱卒的！

其實，我是很為這餐椅組叫屈的，它們個個雍容大方，只怪電視的吸引力太大，讓我們辜負了它昂貴的身價及功能，讓它一直扮演著「深宮怨婦」的角色。

仔細看看這餐桌椅組，它們完全沒掉漆也無刮痕，就像十年前進門時一樣地容光煥發完好如新，始終忠心地盼望等待著我們的垂憐眷顧。

我想，也許有一天等我兒女都成家了，人口增多了，這寂寞的餐桌椅組就可擺脫它那「聾子的耳朵」，純為裝飾的虛名了！

※　※　※

如果說客廳的大呆椅是我每日「吸收新知」的地方，那麼，二樓主臥室梳妝台的椅子就是我吐露「私密心事」的地方。

夜深人靜，孩子進入甜蜜夢鄉，如果我不累，那正適合爬爬格子寫下一些什麼。超自戀的我常常邊書寫邊看著鏡中的自己，彷彿只有這樣真實地對著自己凝望才有源源不絕的靈感，彷彿在這寂靜的深夜我才能盡情發洩傾訴我白天不快的情緒。有時我更常坐在椅子上望著鏡中的自己「發呆」，看著自己一臉沮喪、憔悴的神情時，不斷地給「鏡中的我」加油打氣！不斷地告訴自己不管發生什麼狀況，天蠍座的我無論如何不容許自己掉落谷底的情緒盤旋過久，也絕不容許自己被擊敗！梳妝台的這把椅子就就像是我的親密搭檔，她深深擁抱了我的內心，她讓我很放鬆地盡情記錄著一切的悲喜，她是我舒解釋放「感情出口」唯一的地方。

這梳妝台的椅子，純白色的支架配上有著美麗花色的坐墊，看來花俏可愛。

長久以來，我已然習慣於這樣解放自己的模式，我對梳妝台的這把椅子也有了一種依賴之情，而真正擺在另一角落的書桌和椅子反而很少去使用它。

這妝台的椅子，想想，我竟從來沒坐在這椅子上「對鏡上妝」過。化妝椅變成「喧賓奪主」完完全全取代了書桌椅的功能，真是有點可笑！

也許，我真是個十分另類的人，總不想在設定的框框內行事。誰又規定這妝台的椅子非得要對鏡塗塗抹抹一番呢？

※　※　※

椅子，其實只是生活裡的用品罷了！但俗話說：「日久生情」，不知各位讀者對家中的椅子是否也像我一樣坐久了、坐慣了，而有了一種依賴眷戀之情？

唱歌

婚前我愛聽歌，更愛唱歌。但是，我是個內向木訥的人，唱歌，只唱給自己聽，不曾在家人面前唱，更遑論大庭廣眾之下。

在六〇年代，民生拮据，物資缺乏，我們家的那台老舊唱機到底是打哪來的？我不清楚。只知道大我兩歲的老哥偶而買張輕音樂的唱片來聽，大家跟著一起聽，心中蠻快樂的。音樂，在刻板平靜的生活中撒播歡樂愉悅的種子。

當時，我已在工作了，薪水除了大部份供家用外，小部份是我自己可以支配的。我開銷很少，從不上美髮院，對保養品沒概念，上班的衣服穿表姐由台灣寄來的，零食我沒興趣，僅有的一點點零用錢，我買唱片去了。

在那年代，何年才有黑白電視我也忘了。只記得，唱機驅散了我的寂寞，伴我渡過了年少的青澀時光。那時，我最喜歡的歌星有姚蘇容、包娜娜、甄妮以及白嘉莉，其中我又最愛包娜娜的音域寬廣，歌聲甜美、感情豐富，家中也以她的唱片居多。

生活太平凡，日子過得單調乏味，千篇一律的上班、下班，每個月的假日僅有一天（當時實

在很笨，不懂得爭取勞工權益）。想想，每個月工作二十九天或三十天，心情能不鬱卒嗎？生活裡如果再沒有歌聲聽，那會是一件多悲慘的事，日子還有什麼樂趣？唱歌，我喜歡躲在自己的小房間裡，輕鬆自在的唱給自己聽。我偏愛抒情歌曲，唱機一開，唱片隨著唱針緩緩滑動，音樂恣意流洩，歌聲飄滿一屋子，唱歌與聽歌，給我一份真實的快樂。

在我整整十年的工作歲月裡，每年春節、端午節、中秋節時華視、中視、台視的影歌星勞軍團來金，總是進駐我們的「金城國軍賓館」。一時之間館內眾星雲集星光閃閃。十年當中，我見過無數的大歌星們，我們更享有「特權」可和她們同車一起去鬼斧神工的「擎天廳」看她們精彩的表演哩！她們「歌星」的封號，真的「不是蓋的」，一個唱得比一個好，一曲唱罷總響起「歡聲雷動」的掌聲。

聽歌，我欣賞真正有實力的「唱將」。蘇芮、蔡琴、周華健、費玉清、劉德華、張學友和鄧麗君，都是我最欣賞的。我喜歡歌詞意境優美的歌，喜歡曲調悠揚輕快的歌。唱歌，我愛唱歌，快樂地唱歌讓我們擁有一顆活潑、不老的心。

在十年的工作時光裡，拿票看精彩的晚會不是件難事。但是，唯獨令我終生不忘的卻只有一場，那就是聲樂家「姜成濤」先生的個人演唱會。姜先生人親切隨和，平易近人。他給我一張前排位置的票，地點在金門高中的大禮堂。當晚，有很多學生來捧場，但以高中生居多，整個場內算是座無虛席。

演唱會開始了！姜先生是四川人，唱的都是四川的民謠、小調。姜先生歌聲嘹亮、渾厚，音域寬廣，感情豐富，那歌聲時急時緩，咬字清晰連成一氣，他的表情豐富多變，全神貫注的神韻顯現著無限美好的感覺；每一首歌聽了都令人動容，每一首歌我們全場都報以熱烈如雷的掌聲……。好幾年前的事了，但那渾厚充滿感情及特色的歌聲卻始終繚繞耳際，歷經數十年而不忘。可見，聲樂家可不是能平白浪得虛名的，從頭到尾，他一首接一首的唱，臉不紅、氣不喘、聲不啞。那一夜，真是一場豐美的音樂饗宴……。

唱歌，雖然我的歌聲稱不上如黃鶯出谷繞樑三日不絕，但

自認還算及格。猶記國中時的一次音樂課考試，每人獨唱指定曲「老黑爵」。老師以隨意叫座號的方式來進行，全班都靜待誰會是第一個中獎的？氣氛真是很緊張又恐怖。結果，當老師嬌聲一唸，哇！五雷轟頂，真是嚇呆了，是我的座號，是我，怎麼這麼衰？第一個會是我？只好硬著頭皮傻傻呆呆地站了起來愣在那裡。「ㄟ，同學，開始唱啊！」老師催促著。喔！天啊，非唱不可了，不唱沒分數。而且，全班都在看著我呢！所幸，歌詞我記得熟，平常上課也蠻用心的，有道是「兵來將擋，水來土淹！」怕什麼怕？把心一橫，膽子一壯，就開口唱了起來。一曲唱畢，突然全班響起一陣掌聲。此刻，我又被這突如其來的掌聲跳了一跳。哇咧！同學們怎麼這麼有默契？我真唱得好嗎？「嗯！唱得很好。」只見老師猛點頭。當然，也給了我蠻高的分數，這是在我讀書時印象最深刻的一件事呢！

當初幫我找工作的介紹人「唐麗娜」小姐，也是一個唱歌好手。她個子嬌小，皮膚白皙，眼睛大大的，常常一頭秀髮披肩的她臉上總綻放著甜美的笑容。她平常沒事就喜歡哼哼唱唱的，歌聲悅耳，婉轉動聽。每次由縣內自組的勞軍團中，唐小姐是重要一員，常常高歌數曲以娛勞苦功高駐守在前線的三軍官兵。當然，我這剛入門的新手也須隨團出訪見見世面。有一次隨她們在太湖畔的勞軍活動裡眼看著行程就要結束了，偏偏被同行的伙伴「捉弄」，她們拿著麥克風忽然就介紹起我來了！要我也得獻唱一首意思意思……。天啊！這可把我驚到了！這麼大的場面，我一向也是跟來看熱鬧的，那想到要上場？再說，我那比得上諸位大姐們的台風穩健，表現活潑自然？開口說唱就唱，毫不怯場。我面有難色，緊張萬分，全場已在拍手鼓掌，我猶仍在呆立僵持，不知如何是好？最後，我的上司彭站長說話了，笑笑地下了命令：「黃小姐，妳就唱一首吧！」這真是趕著鴨子上架，人在江湖，身不由己。硬著頭皮走到場中央，拿著有點抖著的麥克風唱了一首「夜歸人」交差了事！這是我在少女的黃金歲月中最糗的一件事，也是我在職場工作中唯一一次在大庭廣眾下「唱歌」。

今年某天午后，我經過老爸的小店，瞧見唐伯父就坐在店內，想起唐小姐自婚後赴台我就再沒見過她了，已經數年了，不知她可常回金？我與唐伯父閒聊提到她，唐伯父嘆了一聲說：「走了，已經回去了！」我一時意會不過來，一臉的莫名其妙。「她得了癌症，已過世數年了。」唐伯父很無奈，幽幽地說著。我怔了一下，怎麼會這樣？那個當年引我這黃毛丫頭進門的甜姐兒，我再也看不到她了。還年輕的生命就這樣匆匆結束了。想當年，政委會的王秘書鍥而不捨地痴心苦苦追求多年，最後是有情人終成眷屬，不想如今又痛失愛侶，莫非真是天妒紅顏？教他情何以堪啊！我心中一陣唏噓，只能嘆人世之無常啊！

結婚有了孩子後，生活秩序大亂。唱歌，倒變成是一件「重要」的事。我常掛在嘴邊的一首歌是「催眠曲」。抱著寶貝兒子唱著：「睡吧！睡吧！我可愛的寶貝，慈音繚繞，輕輕搖你睡，一朵蘭花，一朵玫瑰，送給寶貝，陪著你安睡。」輕輕拍著孩子的肩膀或小屁股，低低唱著。我的歌聲，有媽媽的味道，陸續陪著三個孩子甜蜜入睡。當兒子讀幼稚園時，睡在我身旁的他總會說：

「媽媽，我唱老師今天教的新歌給妳聽好不好？」「好，當然好哇！」兒歌詞簡單，曲容易，三兩下我也就會唱了。那時，兒子教了我很多兒歌如：螢火蟲、小白兔、小蜜蜂，只要我長大……哎！每晚母子邊聊天邊唱兒歌，真是開心，夜夜好夢。

當孩子相繼加入家庭後，越來越覺得自己像一支蠟燭，為了家庭為了孩子一直燃燒著，奉獻自己的光和熱。難道結婚真的是愛情的墳墓？愛情的終結？女人結婚，走入家庭，捨棄了自我的空間，心靈是一隻疲倦的鳥，為著家庭、工作與孩子而終日忙碌著，生活徹底地改變。聽歌，我已經很久很久沒聽了，唱歌，完全已經被我遺忘。飛翔的音符，飛翔的快樂，通通不見了；取而代之的是我吼孩子的聲音，是我的囉嗦、嘮叨、是我的碎碎念。我這一家之「煮」變得很沒氣質。唉！我自問，婚前婚後有差這麼多嗎？

今年，在台的大妹一家人回金過年，吃過晚飯後，外子提議要請妹夫這位台灣歌王和他這位金門歌王一起去較勁「飆歌」，看誰唱得好？我們這些婦道人家和小孩當然是去當聽眾捧場拍拍手的。不料，臨出門前來了一通電話，原來更精采的消遣還在等著呢！過年嘛！三缺一正熱門。一時之間，兩位男主角面臨抉擇，猶豫了數秒鐘後，兩位歌王有志一同，選擇了有「致命吸引力」的「疊磚塊」，歌王不當去當賭神。可是，一個十幾人的大包廂已訂好了，老公又拉不下面子打電話取消，「這樣吧，我先陪妳們去唱歌，那邊過會兒我們再去。」兩家人馬上就直達金瑞飯店的地下樓。

屈指算來，結婚十八年，今晚託大妹的福第一次上卡拉ＯＫ，感覺很好奇很新鮮。外子一進門，急匆匆，隨隨便便唱了一首歌應付了事，妹夫也沒開口唱，兩人便逃之夭夭地溜了。這像什麼話？兩個歌王臨陣落跑，偌大的包廂剎時變成「婦幼節」同樂會。想想，跑了兩個歐吉桑，我們不是更自由自在嗎？哇，今晚就是我們的天下。大妹翻了翻歌本也沒幾首會唱的，女兒看了看，也沒她這新新新人類愛唱的最現代的流行歌，大妹的大女兒莉文文靜內向，更是不吭一聲只在旁微笑，兩個小女孩莉青和佳穎在那跑來跑去說只會唱兒歌……。「喂！老媽，這可是計時的，妳們一直蘑菇，到底唱不唱？不唱回家啦！」大女兒實在看不下去我們婆婆媽媽，拖拖拉拉好久了還選不出一首歌？忍不住在一旁「出聲」。「唱，當然要唱啊！」開玩笑，我們才剛進門，回什麼家？過年耶，不歡樂一下多無

趣。環視四周，既然無一能者要唱，看來，我這唯一的「歌后」只好出馬「獻聲」。自家的姐妹，自家的小孩，心中無藩籬，拿起歌名冊一下子點了一大串的歌名，拿起麥克風開唱了起來。哇哩！誰知我是不唱不打緊，一唱就停不了，歌不唱完誓不休，一首接一首，唱得旁若無人，渾然忘我，唱得不亦樂乎，天下無敵。偶而大妹也唱一兩首，有時兩個小孩也對唱兩隻老虎、一隻小鹿、醜小鴨，兩個國中生當聽眾，負責拍拍手。

唱歌，使我感覺年輕，忘了已過不惑之年；唱歌，讓我忘了柴米油鹽醬醋茶，把我積壓的情緒都釋放出來；唱歌，真是快樂，彷彿時間過得特別快。我越唱越起勁，整整兩小時，幾乎都是我在唱。「媽咪呀！妳再唱下去要十一點了……。」大女兒又在一旁做報時鳥，真是煞風景。看看時間真的也不早了，小孩也該休息了。「好了好了！不唱了，收工回家。」一行人跨出大門，我心上有一種滿足，也有一點不捨。啊！今晚，我竟意外地給自己放了個假。今晚，我竟然能擁有一個有歌的夜。

回到家，我重新思索著自己。這麼多年來，孩子也都長大了，有他們自己的世界與空間，該把我那動不動就高分貝的「穿腦魔音」收斂起來吧！我不想再做一個嘮叨的碎碎唸的媽媽。我也要找回我失去的屬於我自己的空間。讓歌聲回來吧！那些我婚前最愛的、輕快跳躍的音符重新回到我的心中，回到我的生活裡來吧！每個人都要好好疼惜自己，才會有好心情，不是嗎？

相片

我對相片是有「感情」的，相片於我而言不止於純粹只是一個呆板不動的畫面而已，它深藏於內的思緒、感情，總讓我在「看它一眼」時瞬間「動了起來！」

「文字」可以表達我們的思想和情感，文字的記錄端靠個人思路的組合與無限想像的空間。而相片呢？則是「真實面貌的呈現」，忠實地拍攝著當時情境中的人事物。所以，有人用文字寫日記，有人用相片寫日記，有人用音樂寫日記，有人用電影寫日記，更有人用V8拍攝日記……。

每當我們閱讀到一篇篇文字精采，描述動人的篇章時（尤其是介紹旅遊風景點、花鳥蟲魚、古蹟、古董文物……），若無穿插圖片展示，則顯得美中不足，興味索然。（說得再好嘛一切都是白搭，只能靠自己憑空想像）所以囉！千萬不可小看小小的幾張相片，相片真實的樣貌彌補了文字的不足，展現了萬般風情，文字與相片兩者相輔相成，相得益彰，我們常說「圖文並茂」正是如此。

在五〇年代，民生物質缺乏，照相，在當時是一件十分奢侈的事，除非真有什麼「大事」需拍照不可，諸如結婚！要交人頭照！或喪禮啦！沒事是沒有人拿著相機咔嚓咔嚓拍照的。所以，小時候我根本沒什麼相片，也不曉得小時候到底長得啥模樣？

猶深深記得我的第一張相片是小學三年級的暑假。有天下午，表弟、表妹們來我們家玩，我們一起在院子裡嬉鬧，那時才六個月大的小表弟也暫時託我們家照顧，玩了好一會兒，小舅來了，還帶了一個相機呢！他說還剩一張底片，不如就叫所有的孩子們來張「大合照」吧！聽說「要照相」，大家感覺好新鮮、好興奮喔！八個孩子有的站著，有的坐著、有的蹲著，擠成一團嘻嘻哈哈的照了一張黑白的相片，我一向喜歡小孩子，照相時我把當時最小的小表弟也抱在手中一起入鏡。

誰知世事難料，小表弟在一次生病中始終高燒不退而住院，醫生也盡全力救治，但最後終究是沒能留得住他。小小的生命尚不識人間的歡樂愁苦，就像流星一樣匆匆而逝，上天國做了小天使。唉！看著這張小小的黑白相片，這真是一張悲傷的相片啊！

小時候曾聽老媽說以前的老人家認為「照相」會把「三魂七魄」都給攝走了，所以終其一生也沒幾張相片留給後代子孫「追思懷念」。其實，在那古早的年代，我想，「照相館」應該是鳳毛麟角的少之又少，而上照相館拍照應該是有錢人家的時髦玩意兒吧！一般平民小老百姓是沒這個興緻的，生活上的衣、食、住、行能擺得平、過得去就不錯了，誰還有閒錢時興什麼「拍照留念」這檔子事呢？再而，說什麼「攝走三魂七魄」？哎，這簡直是會笑掉現代人的大牙，說穿了，這都是無知，這全是迷信，都是自己想出來、編出來的啊！

當大哥高職畢業到陶瓷廠上班時，放假日他就與同學、同事一起去郊遊踏青。那時照相業正在起步，也有了「出租相機」的服務。時代在進步，年輕的一代觀念也轉變了，懂得趁著少年

十五、二十時的青春年少留下自己帥帥的模樣。所以，我家相片最多的就是我老哥了，雖然全都是二乘三的黑白照，但這就很令我羨慕的了。而我，就只能撿他沒拍完的幾張底片「上上鏡頭」，但僅僅是這樣也讓我高興好久，就那麼幾張拿得出來的黑白相片成了我最鍾愛的寶貝，我都把它們謹慎小心地收藏著。

當學業告一段落後，我選擇了就業。微薄的薪水除了大部份充做家用外，我也擁有一小部份的零用錢。當然，我那有限的零用錢捨不得吃喝、捨不得上美容院洗頭燙髮，也沒興趣添新裝買保養品，除了和昔日同班好友看個電影外，我省吃儉用的零用錢都「貢獻」給照相館。真是太棒了！我終於可以盡興開心地上上鏡頭了。

由於老哥是「閃光照相館」的好朋友兼忠實顧客，託他之福，老板也就「免費」借我相機照，省了一筆「租金」支出。裝了底片後，老哥就是我現成的老師，教我如何調光圈、對焦距、按快門……。我喜歡照相，也喜歡「被照」，留下青春飛揚，笑容燦爛的各種影像。這真是值得投資的「最佳娛樂」，雖然仍是二乘三的「黑白照」，但這有什麼關係呢？留下青春年華的容顏，夢裡也會笑！

相片，在我們那個年代也是家家戶戶最好的「掛飾」。我們家自然也不能免俗地跟上時代潮流，客廳的左右兩面牆一字排開都掛滿了鍍金色邊的方形相框，框內放著好幾十張相片，房間內的兩面木製大相框更是擠滿了大小錯落有致互相擺放的黑白相片。當然，其中包括了我最親愛的爸媽的結婚照，有一張還是「人工彩色的」，媽媽點上紅紅的口紅，在上百張的相片中十分顯眼哩。

我沒事時就喜歡看看掛在客廳、房間牆壁上的這些大大小小的相片，順便認識一下「親戚朋友」。下回她們來我們家時，我就知道要如何稱呼他們。還有大姐的同學、老哥的同學……，我都是先由「相片」上認識的，至今想來，還覺十分有趣呢！

在我開始「把玩」相機時，當時尚無全自動的「傻瓜相機」問世。所以，為了愛照相，我也繳了不少「學費」。有時按快門時不穩而震了一下，影像就不清楚了，有時背光，臉上五官就一片黑暗，有時光圈控制不好，太強時相片十分「光亮」，有時為了貪戀美景而把人照得太小……。所以，初時那幾年的相片，有不少是慘不忍睹的失敗作，好不容易看到一些稍微算成功的，就如撿到寶一樣。

我這人一向節儉成性，可對於照相的花費就不心疼。買底片、沖洗、加洗，樂在其中，樂此不疲，自然的也成了閃光照相館永遠的顧客。在拍攝技術上有不懂的地方就順便「請教」老板一番，而他們也都「樂於相告」，大家都成了好朋友呢！

關於拍照，我喜歡拍照也喜歡被拍，當我裝了底片時，媽媽（爸爸都在店裡，很少拍）、弟弟、妹妹們全都上了鏡頭，當哥哥、姐姐在家時，他們就充當我的「攝影師」，照下我傻傻、可愛的笑容及土土的模樣兒……。

打開我的寶貝相簿，有一張相片是最值得「珍藏」的。那是我的第一張「彩色照」，拍攝於六十一年七月九日。那是一位常出差來大金門洽公的中尉張春茂醫官。他人十分隨和，我們常常聊談，那天下午他喜孜孜地透露了有「彩色底片」問世了的訊息，雖然價格不便宜，但他毅然裝了一卷，準備把「戰地金門」美麗的風光和美好的回憶「原色重現」，帶回台灣讓親朋好友們欣賞哩！他見當時園內玫瑰正盛開著，就幫我照了一張「人比花嬌」的相片。當這一張彩色相片擺放在成堆的黑白相片中時是這麼地顯眼突出，與眾不同，感覺十分欣喜。從此，隨著科技的進步，我的相片也漸漸地告別了黑白時代而邁入那五彩繽紛的彩色世界裡……。

相片，是我眾多收集品中最視為珍貴的一項，也是數量最多、最龐大的一類。有感於在「時光隧道」中我們不可能再回到從前，因此，我才更珍惜著每一張相片。每一張相片都有它不同的故事不同的場景，不同的心情感受和不同的表情……。

有人說：「文字是一個人心靈的最好紀錄。」我固然不否認文字的魅力，但我更能感覺得到相片帶給我的心靈回味……。在我觀賞著一張張的相片時，心靈盡是豐富美好的感覺。相片，替我們的過往，走過的每個階段在按下快門時留下真實的見證，在手指頭輕輕一按的剎那間留住了笑容，留住了童稚的純真，留住了年少輕狂的心，留住了愛戀的情……。在人生轉瞬即逝的過程裡，留下許多屬於自己的軌跡。

為人母後，孩子成了我的拍照重心，三不五時就咔嚓咔嚓替他們照一捲，相機內永遠都裝有底片「備照」，我用相機留住他們逐步成長的影像，用一張張五乘七的放大照擺放在床頭櫃上、書桌上、梳妝台的鏡子前。我更把相片背對背糊在一起，然後去「護卡」，再掛在樓梯轉角處的那一面牆上，我每天上下樓來都可隨時隨地的「看相片」，而且每過一段時間我就換背面的那一張來掛，隔一段日子也會換上另一批相片。所以，每張相片都有機會露臉和我「朝夕相處」呢！

我珍愛相片的程度對有些人來講，簡直是「超乎想像」。黃金打造的美麗閃亮首飾我不愛，它們悲慘地被囚禁在幽暗的角落，永遠得不到我的眷顧。而平平凡凡的相片呢？我把它們放在抽屜、書架上等方便拿取的地方，我隨時隨地都可拿出來觀看細賞一番。雖然它們並非是極佳的攝影作品，也無光影幻化的細膩角度，更談不上什麼獨特的拍攝技巧，只是極其平實的生活寫照而已，但於我而言，往日情懷盡在相片中，縱然年

華如流水，青春已匆匆遠離，縱然有些相片已泛黃，但是在端詳著一張張相片時，美好的感覺總輕輕走來，記憶仍是那麼溫馨……。

二十多年的婚姻生活，酸甜苦辣百味雜陳。看著孩子們小時候的相片更令我動容。瞧著兒子滿月時的相片白胖可愛，如今已有投票權的他長得高大健壯，我站在他身旁反顯得嬌小呢！看著相片，育兒的辛苦及至今日他們的成長……，在相片中，彷彿一下子穿越過時間的長廊，感情仍在過往與今昔的時空場景中悠遊穿梭。我想我真是無可救藥的浪漫而敏感，多情的我，即使是一張相片也常懷有深情。

相片於我，在我手中、眼中，它沒有一成不變的固定樣貌。我喜歡修剪相片、設計相片。我會把一張張不盡理想的相片重新組合、編排，或剪或貼或畫，重新給它們不一樣的感覺。有的加上自畫的背景，有的加上對話旁白。所以，在我獨自欣賞觀看

一堆相片時，內心是十分欣喜愉悅的。因為，我正檢視著我一張張獨一無二的相片作品。在相片堆裡剪剪、貼貼及畫畫，也帶給我許多創作的樂趣，也是我生活中最喜歡的一種休閒。所以，我愛相片，它讓我的想像力有了一個可隨意盡興揮灑的園地。

相片，已然是我生活中的一部份。它們住在大、小各種不同類型的相簿裡，及一張張我精心設計組合的大、小卡片上，它們是我的記憶寶盒，當我一張張拿出來瞧瞧時，往事歷歷仍適合再咀嚼、回味與回顧，感覺仍是這般溫熱有情。相片，在看它們的當下，彷彿它們都像動畫般鮮活地一一「動了起來」！至此，各位應該相信，我珍惜相片已然達到一種「成癡」的境界了吧！

飯碗

求職

大妹在某幼稚園上班已兩年了，以她婚後做全職的家庭主婦而言，離開社會已整整十五年，換言之是根本和社會完全脫節，怎麼可能找到一個還和「教育」有關的工作？而且看來還滿「勝任愉快」的。

這個在心中存疑的大問號終於有機會當面問她了，「美惠啊！妳是怎麼找到這工作的？應徵的人多不多？怎麼過關選中妳的？」我一連串地問著，急著聽她的精彩陳述過程。「都不是啦！這工作完全是我毛遂自薦的。」妹妹笑著說。「哦！妳厲害喔，怎麼個自薦法？」答案出乎我意料，更急著想知道來龍去脈。「其實也沒什麼，只是有一天我忽然發現了這間就在我們大樓隔壁新成立的幼稚園，想想如果我能在裡面工作有多好？上下班走幾步就到了，又顧家又方便。而且，老三也讀小二了，我可以安心在外工作。心裡想著想著，就鼓起勇氣走進去找園長，向她自我介紹一番，如果有缺人的話，我不介意是什麼工作，廚房阿嫂也好，清潔打掃也好，我都願意。然後留下姓名、地址、電話後就回家了。」大妹慢條斯理的說著。哇塞！酷哦！想不到大妹做事這麼帥，想到就做到，有道是：「心動不如馬上行動」，這種作風我是遠遠比不上大妹的。「後來又是怎麼得到這工作呢？」我追問著。「園長當時告訴我，目前她們沒缺人，如果有缺的話會考慮一下。兩個星期過去了，一點消息也沒有，我也把這事給忘了！到了第三個星期，我忽然接到電話說要我去做做看，是『幼幼班』的一個助教缺，我自己也嚇了一大跳，又惶恐又高興，硬著頭皮就去了，沒想到做到現在一切都得心應手了哩……。」我對大妹真是佩服有加，幾乎要把她當偶像膜拜一番了。機會，不會平白從天上掉下來，機會，屬於有勇氣去開創的人。大妹就是一個最好的範例。

飯碗

大妹上班時中午不能回家，暑假期間就由大女兒莉文煮飯作菜照顧弟妹，我這阿姨去住她家，當然不好虐待莉文來服侍著我，因而，午飯就由我一手包辦了。有天，小孩嚷嚷著要吃「泡麵」，各人喜愛的口味又不同，不能一起「大鍋煮」，於是一人各煮一碗麵。偏是他們小家庭連碗筷都懶得多買，「大一點」的碗更少得可憐。算算家中有四個小孩，還少一個大碗來盛麵。於是我開始在廚房所有的櫥櫃內「找碗」，總算終於被我發現了一個圖案「很有古味」，盤底還繪有兩條悠游的

魚，十分精緻漂亮的碗（中型的，不算很大，但也不是普通吃飯用的），馬上拿起來就盛滿了一碗麵端出去給小孩吃了。

下午五點多，大妹下班回家，晚餐時間都由她去一展烹飪手藝。不久，只聽她一進廚房立刻驚聲尖叫說：「哎喲喂啊！是誰把這個碗拿出來用的啊！」大妹這話說得奇怪，碗本來就是要「用」的嘛！有什麼好大驚小怪的？再而，到底是那個碗出了問題，讓她如此「見碗色變」？我趕緊跑進廚房一探究竟，只瞧大妹雙手捧著那個被我「翻挖」出來的碗，一面擦乾水滴一面說著：「老姐啊！這是第一年過年時我們園長發給每一位員工的，碗底有兩條魚是表示在園內的大家庭中和各人的家庭裡都年年有『餘』，然後又語重心長的說，這是我們奇德兒幼稚園的飯碗，是瓷做的哦！是打得破的不是打不破的鐵飯碗……。言下之意嘛就是要我們在崗位上努力盡職，否則也是會被炒魷魚的。」哇咧！我的天啊！本人真是有眼不識此「碗」，原來這個漂亮的碗還大有來頭，有典故涵義的。大妹又說：「所以，我們每一個人都謹慎小心的把這碗供奉著，開玩笑，經濟不景氣，工作又難找，誰敢砸了自己的『飯碗』啊！」大妹重新把這「飯碗」小心翼翼地收藏好。對於這個一直被「供奉」著擺著不用的碗，啊！我真是失禮又失敬。所幸，好家在沒不小心把它給摔了、砸了，想到這，我不由自主地暗暗鬆了一口氣。

畢業典禮

七月二十三日是大妹她們幼稚園的第二屆「畢業典禮」，也是園內的年度重頭戲，它影響關係著新學期招生的多寡。私立的幼稚園、托兒所最近在她們的學區附近又冒出好幾家，因此「市場競爭」也帶給她們不少的壓力。再而上一屆也辦得有聲有色，這一屆更不能例外，自此全校教職員莫不卯足精神、全力以赴。

畢業典禮的前一個月，每個人都接獲園長指派的各項任務，也馬上開始著手準備。大妹她們這一組接到了最重要的「主持工作」和典禮會場的「布幕背景製作」及其中一個「小蜜蜂」節目中的帽子、翅膀。上班時間有上班的事，因此這些額外的工作都得帶回家「加班」。

布幕背景是六個夏威夷娃娃在跳草裙舞，大妹負責做娃娃頭上的花和手上的手環、項鍊，與她同組的老師則做草裙和綁細鋼絲做翅膀的模型。大妹手藝精巧，做的一朵朵小花都好漂亮，我幫忙做的一朵是奇醜無比也就作罷，只好幫忙做最簡單的項鍊和手環，再來是用透明塑膠布糊上翅膀，我見大妹那麼忙，下班後煮飯吃飯後就不得休息地一直加工做事，也真於心不忍。工作難找錢難賺啊！也主動幫忙「糊翅膀」，但滑來滑去的塑膠布也真難搞，弄得腰酸背痛的。好久才搞好個四片的翅膀，但與大妹的手藝相比之下差很多，糊了沒幾個我又棄權了。大妹邊做邊說：「唉！一個畢業典禮頂多也才兩個小時而已，我們卻要忙上好久。一個小蜜蜂跳舞的節目只跳了七、八分鐘吧，道具卻也是一堆的做得半死，帽子上的花紋、觸角、衣服加上翅膀，勞師動眾的只為了表演的那幾分鐘，幕後的辛苦真是沒有人知啊！」大妹有感而發，說的也是，幕前光彩的演出時間很短，但有誰瞭解幕後又是集結了多少人投注的心力？常常我們坐在台下看台上表演，可知他們也是下了功夫的每天練唱排演（不論唱歌或舞蹈），真可謂「練」兵千日用在一時，台上三分鐘台下十年功。難怪常常聽到得獎人很感性的說：「更要謝謝所有的『幕後工作人員』，沒有他們的努力就沒有今天完美的呈現……。」大妹的認真努力讓我深深體會到「幕後」的重要及所投注的時間、精神與心力。

大妹糊完了二十四個翅膀後又開始撰寫「主持稿」，如何做開場白，如何簡單扼要的介紹每一個獎項的特性，

大意大致寫好了，又請與她搭檔一起主持的老師共同修改研究，也請我軋一腳，覺得有不妥不順的地方再來逐字逐句改。三個人改來改去總算把主持稿搞定，接著又請得過演講比賽第一名的老二英杰「教她唸稿」，因為園長說她國語不「標準」，需要「加強」，她只好猛練勤唸，不能漏氣。後來又為了晚會那天不知要穿那一套服裝傷腦筋，黑的太黑，紅的太紅，翻遍了衣櫥難以決定……。

噢！這場「畢業典禮」（晚會）可讓我見識到了大妹的認真、辛苦與能耐了。我原想留下來欣賞她「幕前」的演出，但終究是人算不如天算，我於二十二日中午就離開嘉義北上。但我相信，這場晚會必定圓滿成功。

車票

當初偕同爸媽和小妹一家及孩子們一行八人由松山搭機到嘉義，小妹一家住了兩天就直接回金門，老爸老媽住了一星期又搭機回永和，剩下我和孩子們繼續住著。本想也和小妹一樣直接回家不再北上，又禁不住親情頻頻召喚，老媽說：「急著回金做什麼？孩子不都在身邊嗎？」大哥、小弟也頻頻來電急催促：「週休二日，我們幾家開車出去玩。」又說：「妳來兩天馬上就去嘉義，太不夠意思了。」當下意志馬上「動搖」，孩子們也嚷著要「北上」，主意已定，開始打包行李再回永和。哎！回金與北上只在一念之間，行李就得來回跑兩趟，實在有夠累的。

大妹也說話了：「忙過了畢業典禮我就有空了，我們也可以一起出去玩啊！妳不是答應我要參加畢業典禮的嗎？我還打算讓小青和寶寶拿個牌子上場客串，跑跑龍套呢！」無奈顧得了那邊就得捨了這邊，我的諾言毀於一天之差。

機票太貴了，飛來飛去飛走了不少新台幣，討論通過後決定坐火車。其實，我一向對火車「情有獨鍾」，坐火車也很舒適，重要的是可沿路瀏覽兩邊的風景。大妹說二十二日隔天是週休星期六，怕當天買不到車票，得提前星期四買比較有保障，但她又要上班一整天抽不出空去幫我買預售票，我又是路癡，東西南北，前後左右搞不清楚，否則機車給我騎，又可省下來回兩趟的計程車費。我們女人家掌管著家中的生活開支，一切都精打細算慣了，如非必要，我們不會輕易胡亂的打死新台幣的，偏偏大妹她會騎腳踏車會開轎車，就是不會騎機車，真是異類。我說；「該花的就花，明天我自己去買吧！」

星期四中午，正在洗手做羹湯時，莉青說：「阿姨，電話，是媽媽學校的司機阿姨打來的。」我滿臉狐疑，有沒搞錯？開娃娃車的司機阿姨找我幹什麼？拿起聽筒，「喂！」「妳是美惠的姐姐啊！我聽她說妳要買車票，美惠中午要照顧小朋友午睡，午休後又得摺被疊床的，我比較有空我幫妳買，妳是要坐哪一班時段的？要坐莒光號的還是國光號？幾個大人幾個小孩？」哇！我還沒講她就劈哩啪啦的問了一串，聲音宏亮爽朗，一點都沒有女性的嬌柔。不過，透過話筒倒可以感受到她的熱心正源源傳來。我告知了想要搭乘的車號、時段，她很仔細地又問：「如果這班次的票賣完了，妳是要提早一班或往後或改期？」我答曰：往後延。她說話速度滿快的，我們又匆匆聊了幾句，末了我說；「妳真好，我好感謝妳，下次來嘉義時我一定要好好認識妳。」她又一陣哈哈大笑，說要去幫我買車票了。

下午大妹下班時把車票拿給我說：「我只是無意中隨便聊聊，說起妳們要北上買車票，她就真的打電話來家中問，騎著機車就去買了。她人是不錯，就是性子急，說話快人快語的，起初我和她跟車也很受不了，後來習慣了，彼此知道個性也就不以為意了。」又說：「她娘家也是家族企業開托兒所幼稚園的，她自己也當園長，婚後夫家的家境也不錯，不願意她太勞累就辭了園長職位，在家她又閒不住，來開娃娃車也只是消遣而已。」大妹簡單地介紹了一下這位司機阿姨。原來，園長放下身段來開車，而且工作得非常開心快樂，可見她樂觀開朗的一面，人生知足又美好。

買車票對她而言也許只是一件微不足道的小事，對我與大妹而言卻是幫了一個大忙。雖未見其人，但卻對她熱心助人的個性印象深刻，在嘉義，也讓我領會了南部人的熱情好客和我們金門人是不相上下的，下次到嘉義，我一定要專程拜訪她。

花栗鼠胖胖

女兒從小愛養寵物，但是，可憐喔！從小到大被她「給愛死、養死」的寵物不知有多少？舉凡兔子、狗狗、貓咪、烏龜、鸚鵡、老公公鼠、楓葉鼠、布丁鼠、魚……，真是無以數計。好，往事不談了，談談現時的比較實在。

這會兒她迷上了養松鼠，遂到她常去逛的「樂華夜市」寵物攤上尋寶。攤上松鼠的數量不多，只有三隻在籠子裡蹦來蹦去。俗話說：「物以稀為貴」一點也不錯，小小的一隻松鼠要價一千元，身價一點也不便宜。

女兒是這店攤的常客，和老板盧了很久，一直討價還價到最後老板很阿莎力以七百元成交。其實老板算盤也打得呱呱叫，省下的三百元慫恿女兒替寵物買個上下兩層樓的「高級住宅」，要價八五十元，只要再貼他五五十元就好了！

大家都嘛知道，愛養寵物的人往往都把所豢養的寵物視如子女，無不呵護備至。女兒平日寧可自己省吃儉用，卻也要攢下錢來買吃的、買用的花在寵物身上。為了給活蹦亂跳的松鼠寵物有個較為寬敞的活動空間，女兒二話不說，八五十元的「豪宅」，掏錢毫不手軟，買了！

老實說，這隻松鼠非常漂亮、機靈、可愛。大大圓圓的眼睛骨碌骨碌地轉，小巧的身軀配合著靈活的四肢，那一身棕色與咖啡色相間的美麗皮毛，尤其是背上五條黑色的花紋更是引人注目，彷彿穿了一件高貴大方的衣裳，還有，還有那一條造型可愛的大尾巴，像一枝活動自如的雞毛撢子，一甩一甩地逗趣極了！對了，介紹了這麼多，還沒講到牠真正的學名哩！啊！牠有一個好聽的名字：「花栗鼠」是也！

牠加入我們家成了「新成員」後，嚇！不得了，了不得，「鼠氣指數狂飆」直線節節上升，甚至凌駕於我這「一家之煮」的地位之上。大家把牠視如掌上明珠般地寵愛有加，日甚一日。牠……，喔，不，該給牠取個名字。我們開個家庭會議，最後一致協商替牠取名為「胖胖」。因為牠剛出生不久，我們希望牠頭好壯壯，圓圓胖胖、平安長大。

女兒真的把「胖胖」當兒子在養。她沖泡奶粉用奶瓶餵牠喝，買香氣四溢的沐浴乳三不五時替牠洗個香香的澡，小心翼翼擦乾後再用吹風機溫暖的熱風吹乾牠那身美麗的皮毛，還定期替牠修剪指甲……。說到這兒，我不免搖頭嘆著：「人不如鼠」。想想老媽我極盡百般伺候著妳，妳卻來百般伺候著小小一隻鼠輩？看了有時難免火大，不免嘮叨兩句。女兒總笑笑回著：「老媽，胖胖是我兒子，妳就是牠阿嬤，牠就是妳孫子，妳怎麼這麼孩子氣？老愛跟牠吃醋。」

胖胖在女兒的悉心呵護照顧下日漸長大，牠捨棄喝厭了牛奶改吃堅果類食物。起初買「五穀雜糧米」餵食，可嘴刁的牠挑食得很，牠兩眼骨碌骨碌地瞧瞧「盤中餐」後，就只挑牠喜歡吃的穀糧，不喜歡吃的永遠給它擺著。牠愛吃南瓜子，更特愛吃花生。啊，老公買的花生就常常隨興拿來與胖胖「分享、共食」，他總滿口親暱地么喝著：「胖胖，胖胖，來，給你花生吃！」。因為，在早早以前牠們原本就是「蛇鼠一窩」一家親啊！難怪胖胖看到老公走過來時總高興地跳躍著，表情特別興奮喲！

有一天晚上，女兒和同學聚餐，回家後發現了平日活蹦亂跳、活動力十足的胖胖看來一副無精打彩、了無生氣懶洋洋的樣子，她很擔心胖胖就此病了掛了，趕緊帶牠去看醫生。醫生問：「平常給牠吃什麼？牠最愛吃的是什麼？」「喔，其實牠也滿挑食的，不過，牠最愛吃的是花生啦……。」女兒據實以告。「花生？花生還是少給牠吃比較好，花生吃多了會膽固醇過高，會得心臟病。還是多給牠吃吃蔬菜水果比較好……。」瞎密？原來動物也會膽固醇過高？也會得心臟病？第一次聽到，有點驚奇。啊，養寵物真的是也不能隨便養養喔……。

這次帶胖胖看病花了三百元，比我們平常看診還貴，還真有點心痛哩！不過，倘若牠真生病了也不能坐視不管吧，畢竟牠也是一條小生命啊！

女兒回家後馬上對「位高權重」的老爸下了一道「懿旨」，不准老爸再三不五時地餵食花生給胖胖，否則「醫藥費」、「後果」都由他負責。老公故意嘻皮笑臉回她：「負責？醫藥費？好說嘛！幾百塊而已，後果？簡單阿，大不了買一隻賠妳……。」「吼，老爸，你怎麼可以這樣草菅鼠命？你還是不是人啊？你是不是我爸？不可以，不可以，我只要我的胖胖，胖胖是我兒子耶！誰都不能取代牠。」女兒「視鼠如子、愛鼠心切」，馬上一陣連珠砲轟。從此之後，老爸成了她「嚴密監視」的對象，隨時注意他有沒有「閒來無事」又拿花生頻頻餵食胖胖。

為了胖胖的「健康」大計，我們家買水果變成「單一菜色」——只買蘋果（偶而買水梨）猛吃。胖胖特愛挖取「蘋果子」來吃，我們切了蘋果後，蘋果心拿給牠，牠可迫不及待大快朵頤地先把周邊果肉吃了後，再用牠靈活的前腳、爪子「興致勃勃」地我挖、我挖、我挖、挖、挖，挖出蘋果子馬上塞入尖嘴內細細品嚐，彷佛整張臉都蕩漾著「幸福的滋味」哩！

哎，我常說我們家是「寵物的樂園」，也是寵物的「天堂」，因為真的給養死了不少寵物），寵物在我們家真的是「很寵」。胖胖雖然身住豪宅，可我們也捨不得老把牠囚禁在牠的一方天地裡，只要孩子們在家，大部份的時間都放牠出來，讓牠有更寬廣的活動空間。

孩子們先關起房門來再把籠門打開，機靈的胖胖就以美妙地動作蹦跳出來。這時後，特愛撒嬌樂於與人親近的胖胖就會熱情地跳在女兒或兒子的肩膀上四處張望，然後樂得在他們身上跑來跑去、跳來跳去、蹦來蹦去。不過不論牠怎麼如何地蹦跳，絕對始終不會離開身體外的範圍，除非牠在孩子們身上玩膩了也就自己蹓躂去了！跳在床上、桌上、椅子上，甚至跳在高高的窗簾竿子上表演「走鋼索」，像一個頑皮的小孩到處亂跑。

胖胖滿周歲了，牠每日吃喝玩樂拉撒，快樂得不得了！牠也很爭氣的果然「不負眾望」，吃好、睡好、玩好地把自己給吃得圓圓滾滾胖胖的，一點也沒辜負我們當初給予的美名。

暑假到了，胖胖意外地來了個「新夥伴」，那是一隻純種的「台灣黑松鼠」。是女兒的同學暑假回家時因家中不給「養寵物」，見她對寵物「極有愛心」，特地送她與胖胖作伴的。

這隻台灣黑松鼠真的是混身烏黑，體型是胖胖的兩倍大，初到家裡時一副怯生生的小媳婦模樣，看來性情溫和十分憨厚。看牠一身黑，牠的原主人幫牠取名為「小黑」。新來者是客，身為「養母」的女兒一方面要向小黑示好，一方面要安撫小黑初到新環境不安的陌生感，因而空閒之餘總逗弄著小黑，抱著小黑輕撫，有點冷落了平日十分「得寵」的胖胖了。

小黑初來乍到，我們把牠安置在胖胖的豪宅裡讓牠們「培養感情」，誰知胖胖對這位高頭大馬的同居鼠來個「相應不理」。尤其，牠不允許小黑「靠近」牠的食物盤，只要小黑稍為走近一小小步，胖胖馬上「眼露兇光」嚴陣以待，隨時準備發動攻勢，一副要狠狠咬一口的架勢。

每當女兒抱著小黑玩耍時，我發現在籠內的胖胖總是跳到門邊，骨碌骨碌地眼睛總恨恨地看著小黑。果然沒多少時日，「積怨已深」的胖胖再也容不下「橫刀奪愛」、莫名其妙闖入牠快樂生活中的小黑，牠開始發動攻勢，情緒不好時就對著同居的小黑一陣陣猛咬。可憐的小黑就在籠子裡被追得團團轉，跑上跑下、跳這裡跳那裡。面對著胖胖變幻莫測、不定時「惡形惡狀」的行為，使得我們只好讓牠們「分家」各住一處，否則不知那一天「發生命案」，小黑橫屍籠內，女兒怎麼對隨時有「探視權」的同學交代？

原以為兩隻鼠分開住就彼此相安無事了，結果不然。有一次，孩子們放牠倆在房間玩，女兒拿起蘋果心來就先餵食小黑，沒想到這一個小小的餵食動作讓在一旁的胖胖非常吃味，當下醋火直冒，馬上毫不猶豫地兇性大發又來猛咬著小黑，可憐的小黑措手不及被咬得邊跳邊吱吱慘叫不已。

天啊，胖胖的「即時反應」把在場的我們都嚇了一大跳，我們笑罵著：只不過是先餵小黑，你也有一份阿，就這麼嚴重嗎？

唉，不講你不知，還真的有這麼嚴重。往後胖胖和小黑「在一起相處」的時光裡，就常常上演著「小欺大」的劇碼。有一次，小黑在一個平台上跳著蹦著，自己玩得不亦樂乎，胖胖見了就火速跳了上去，面對著比牠大隻的小黑，毫不客氣地用牠的尖嘴一直去戳牠、推牠，直逼得小黑節節敗退從台上翻滾下去牠才善罷干休。

甚至於有好幾次我們都眼睜睜地看著胖胖以「迅雷不及掩耳」的速度忽然衝到小黑身旁，一口緊咬著小黑不放後再使勁地把牠給「狠狠摔出去」！小黑就常常這樣倒楣地不時的讓牠「練摔角」。哎喲！平平一樣是鼠類啊，真不明白為何胖胖一點「同類的愛心」都沒有？我們真是非常粉看不下去呢！孩子們還笑著說：「啊，我知道了，小黑是國民黨，胖胖是民進黨啦！」唉，難道果真小小的動物也搞「族群分裂」嗎？還是「鬥爭」本來就是「動物的天性」？

只是，胖胖這隻「墨西哥種的外來鼠」未免也太囂張了，幹嘛老是欺負我們憨厚、善良的「台灣本土黑松鼠」？對於胖胖反常的「劣跡惡行」，我們推論是否胖胖的「青春期」到了？所以個性變得特別「火爆」？還是看女兒對小黑照顧有加而「懷恨在心」？更過份的是牠甚至變本加厲的對著一手照顧牠長大的女兒也猛咬不休，完全忘記了「養育之恩」。

女兒被咬的次數多了也開始抓狂，覺得胖胖真的是太不像話了。簡直「目中無母」。想想，

「養不教，母之過」，決定應該好好懲治一下胖胖。下回當牠再白目地咬著她時，她就抓著牠，用指頭彈彈牠的尖嘴對著牠說：「不可以咬人，不可以咬人。」初時的胖胖「很不受教」，照咬不誤，火大的女兒認為胖胖實在「太壞了」，也就毫不示弱地給牠來個「咬一次彈一次」，直到牠乖乖馴服為止。

雖然胖胖不再咬人了，但在小黑面前時牠仍舊力爭牠「家中一鼠」的地位。只要我們先餵食小黑，不爽的胖胖馬上去咬小黑以示「抗議」。而兩鼠相爭的結果往往是大個兒的小黑不敵嬌小強悍的胖胖。為了不想老是發生「鼠鼠危機」，不想看到這土鼠洋鼠的「鼠鼠大戰」，為了維護小黑，餵食時得先拿給胖胖，抱抱時也得先抱抱牠，這個胖胖還真是……，唉，鴨霸！

小黑與胖胖的戰爭久了，小黑再笨，被欺負的次數多了，也累積了不少慘痛的經驗後，自然也就明白了胖胖「真的是不好惹的」，雖然自己身強體壯，但「強鼠」不壓先到的「地頭鼠」，畢竟牠是「後來者」，見到了胖胖也只得乖乖尊崇牠高高在上的「老大」地位，凡事都得依著、讓著、閃著胖胖。

猶記得那是一個假日，我與女兒逛街回來，女兒照往常地把胖胖放出來玩耍，正在廚房張羅晚餐的我忽聽得女兒頻頻驚嚇地喊著：「媽咪快來啊，胖胖出事了！媽咪，妳快來看怎麼辦啊，媽咪！」我放下手上要切的菜，心想：胖胖那會出什麼事？不是和妳玩得挺快樂的嗎？走出廚房後我快步跑到房間進門一看，嚇！不得了了，之前還生龍活虎、活蹦亂跳、到處趴趴走的胖胖，這會兒……這會兒是躺在地板上一直口吐白沫，小小圓滾滾的身子還不時的抽搐著。見了這光景我一時也嚇到了，看樣子病況還不是普通的嚴重，可在這星期日的晚上，診所都休息了，一時也求救無門啊。女兒早已哭得像個淚人兒似的，兩眼淚汪汪地口中直呼喚著：「胖胖啊！胖胖！胖胖！」沒幾分鐘時間，胖胖就「脫離紅塵苦海」一動也不動了。胖胖掛了，在我們母女的眼光注視陪伴下真的「回天乏術、蒙主寵召」走了，掛了。

望著事先「毫無任何徵兆」，忽然說掛就掛、說走就走已然安息的胖胖，教女兒熊熊一時如何適應？雖然胖胖總是「恃寵而驕、心胸狹窄」，但總是也投注了她三年多的感情啊！女兒雙手捧著胖胖，情緒猶難平復，眼淚還不停地掉著。

唉，養寵物實在很傷感情耶，替牠們買吃的、喝的、用的、清理籠子尚在其次，傷腦筋的是「掛了，上天堂了」，又要傷心不捨一陣子。我安慰女兒「鼠死不能復生」，「天下沒有不散的筵席」，節哀順變吧！何況家裡不是還有一隻「粗勇、憨厚」的小黑仍然健在仍然可以陪伴妳啊！

我們偶爾翻看相片時，看到了胖胖一張張可愛、機靈、俏皮模樣的照片，唉，只能說可愛又兇悍的胖胖如今是「走入」我們家的寵物歷史，「走出」我們的生活圈之外，今後的胖胖只能留存在永遠鮮活的記憶裡了。

城市遊蹤記趣（上）

泡

當遊覽車到達杭州時，嬌小可愛、口齒清晰，臉上隨時保持甜美笑容的導遊小姐——小金，開始如數家珍的介紹「杭州」的風情民俗。

小金說了：「杭州人不像上海人，每天汲汲營營地為生活打拼努力，杭州人很樂天知命，喜歡悠閒地生活。所以，百分之八十的杭州人在所謂的事業上是沒有多大作為的。杭州人除了白天上班工作外，下班後最喜歡的休閒就是泡澡、泡腳、泡茶和泡麻將，我們稱之為杭州四泡……。」

當小金還正在逐一解說時，此時坐在第一排座椅上的不足兩歲的采妮小妹妹馬上就接著說了：「泡、泡、泡牛奶。」手上還拿著空奶瓶一直搖晃哩！霎時，一車人笑得東倒西歪人仰馬翻。

少了一個人

每當上車時，小金和領隊標哥固定要「清點人數」。有一次就是怎麼數，數來數去就是「少了一個人」？後來再仔仔細細數一下，原來有位小團員縮在座椅上睡著了，難怪站在駕駛座旁嬌小的小金看不到座椅上「有人」，而遲遲不敢向師傅發號司令：「開車囉！」

杭州話

導遊小金是杭州姑娘，她說：「入境隨俗，我教你們一些杭州話，我們杭州人說話喜歡加個『耳』字的尾音，比如說小孩兒就說『笑雅耳』，女孩就說『玉雅耳』，男孩就說『捏雅耳』……。」當然，我們也都十分認真，興致勃勃地跟著唸「笑雅耳、玉雅耳、捏雅耳」一一唸完。

這時候後座的男生們就促狹地問：「那爸爸怎麼唸？」小金很機警，只是「笑而不教」，心中一定在暗罵：「你們這些臭男生，想我小金見多識廣，豈會上你們的當？」小金以微笑不語帶過後繼而再說：「我們杭州人有一句罵人的話是『六二』，意思就是說你這人怎麼這麼的不上道、白目，什麼什麼的，為什麼說六二呢？因為我們常說女人『三八』，一百扣掉三八就剩六二囉，六二的杭州話是唸『蕊兒』……。」大家也依樣畫葫蘆地唸著「蕊兒、蕊兒」。而我在心裡想著，小金是否也借著這句「蕊兒」拐彎抹角來罵這些「六二」臭男生呢？

點歌

八月十七日六點十分，我們在蘇州的「元和樓」晚餐，餐廳佈置偏重於以竹子、竹簾為主，面積不大，但卻也另有一種古樸典雅之趣。六點半時，有著一古式衣裙、長髮披肩的蘇州佳麗彈奏琵琶唱些小曲以娛佳賓。大家都飢腸轆轆只顧低頭吃飯，每唱完一曲還得停下口中吃的、手上喝的來禮貌的拍拍手，真是有點忙啊！

數曲唱罷後接下來是「點歌時間」，每桌送上一張點歌單，點唱一首歌台幣二十元，我們這一桌的男士們看了看說：「我們這團有三桌，沒點個幾首好像說不過去，難得來嘛就算打賞點小費……。」說完就認真的「挑選」要點哪幾首歌。

陳振秀老師有意要考考蘇州姑娘唱歌的功力，說要唱就要唱高難度的，打算點首「王昭君」，有的說要點「上海灘」、有的說「夜上海」（因為對昨夜的上海逛外灘還念念不忘）。正還在邊用餐邊討論時，這三首歌都早已有人點了，「王昭君」因歌曲長、高音又多，小姐就以「只彈不唱」帶過，（粉混哦！）至於「上海灘」、「夜上海」則顯中氣不足，唱不出味道來（畢竟不是專業歌星），男士們聽完歌曲後說：「好，要點的歌都被唱了，點歌費就省了！」繼續用餐祭五臟廟。

此時，另有人點了一首「路邊的野花不要採」。眾男士們又嘩然起哄，眼珠子滴溜滴溜地轉，笑著說：「嗯！這首歌該獻給誰呢？哪一位最適合聽？」當然，在場的男士可沒人願意自動「對號入座」囉！

伴舞

采妮小妹妹是團員中最「幼齒」的一位，不但喜歡有事沒事就哼著「ＱＯＯ」的歌，更愛做著「粉酷」的表情，非但「能歌」外，她更「善舞」，只要車子在途中播放音樂，她就站在椅子上自得其樂地上下左右「搖擺」起來！有時音樂停了，小金要開始介紹解說，她才意猶未盡地停止擺動，安份地坐著。

話說那天在「元和樓」晚餐，她吃飽了後就不肯乖乖地坐在高高的「兒童椅」上，非得要溜下來跑跑跳跳。可誰知她一下椅子就趕緊匆衝到小姐彈奏琵琶的旁邊，馬上「渾然忘我」動感十足地搖搖、頭拍拍手、扭扭腰、擺擺臀，義務伴起舞來……。這「突如其來」的加場表演逗得全場用餐的人士都樂開懷，所有的目光都聚焦在她身上，她也不怕生，照樣跳得熱力四射不亦樂乎！

那天小姐到底自選曲是唱些什麼歌？我想大家都不記得了，因為所有的風采都被這「小小舞者」喧賓奪主給搶了，只留小姐一臉無奈無辜的表情繼續唱著……。

禁止吐痰

八月十九日享用過豐富的早餐後，我們一行人精神抖擻興致勃勃地上車，又要開始一天的觀景旅遊囉！七點四十分出發，前往南宋名將岳飛的墓寢所在地——「岳王廟」。

岳母鼓勵岳飛「精忠報國」的故事大家耳熟能詳，遺憾的是一代名將文武全才的岳飛最後並不是戰死在沙場，而是被當朝權傾一時的大奸臣秦檜連下十三道金牌召回，以「莫須有」罪名冤曲致死。

後人在懷念追思岳王時，亦不忘把千古罪人秦檜夫婦，及當時岳王手下兩個協助秦檜殺害忠良的官員矗立石像，分置在入門處左右兩旁，罰他們永生永世長跪在岳王墓前「懺悔」及受後世人永不停止的咒罵，讓「名垂千古」與「遺臭萬年」形成一個強烈的對比。

看了這四尊跪像，每個人真都想對他們「吐一口痰」。但是牆上的一塊標語大大地寫著「旅遊景點，禁止吐痰」。因為，那四尊跪像的臉上、身上已是痰痕斑斑厚厚的一層了，大家再繼續吐下去，恐怕會變成四座「痰山」，而非千古罪人。所以，大家也只能搖搖頭、罵個兩句，懷著對岳王的敬意踏出岳王廟，前往下一個景點。

卡位

八月十六日八點三十分到水頭報到，這天也是水頭旅客服務中心開始試辦旅客通關作業的第一天。吾人有幸首度出門前往大陸就免去料羅、水頭來回往返舟車勞累之苦，心情格外愉快。

唯獨覺得該服務中心場地太小，相對的座椅就少。一到門外就已是站滿一堆人，一擠入服務中心更是不得了，到處都站滿了候船民眾，座椅上更是座無虛席，好不容易等到了一個位置，我們就趕緊先佔著，再請七十多歲的團員陳伯來坐著。

整個服務中心熱鬧滾滾（當日有三百二十名旅客前進大陸），我們常說家鄉一切都在進步起飛，那麼，建造一棟美侖美奐的旅客服務中心相信已是刻不容緩的事。畢竟，這關係到我們金門家鄉的「門面」。如此則每日往來頻繁的旅客也不必夏天在門外「撐傘苦候」，冬天則享受著「風之猛吻」，室內也不會擠滿處處自動罰站的人潮……。

洗塵

我們常說「在家看電視、出門看天氣」。一點也不錯，大家出門都喜歡晴空萬里、風和日麗，天氣好自然心情愉快遊興濃，反之，則不免大煞風景。

話說我們一團男女老少三十四人抵達廈門已快近午十二點了，當然就直接去飽餐一頓。一點時上車逛廈門市囉！由於地緣關係，廈門的天氣和金門一樣，萬里無雲，陽光普照，天氣超好。

逛了一圈後車子前往機場，搭三點半的飛機到上海。一個半鐘頭的旅程大家不是在呼呼大睡，就是在閉目養神。五點零五分，飛機戛然停止。大夥兒一看，哇！不得了，窗外下著豪雨，天空一片陰沉沉，廈門到上海，怎麼差這麼多？一行人在淅瀝嘩啦、下得不亦樂乎的滂沱大雨中步入機場大廳，神情有些興味索然。

我們各自拿了行李上了車，接待我們的導遊小姐小金就開始說了：「我看各位貴賓都一臉無奈、失望，想著怎麼我們來就偏偏下這麼大的雨？其實不是這樣的，我們古人有句話是『貴人出門多風雨』，這一場雨是專為你們這些遠道而來的貴人們接風洗塵的。再說，天氣熱，下一場豪雨就暑氣全消，明天大家都可不用擔心被太陽烤……。」小金口才真讚！經她一說，大家的笑容出現了，精神也來了，沒有人再嘀嘀咕咕地抱怨這場雨了。

找錢

老公談起之前幾次來廈門的經歷，說有次碰到一小男孩伸手向他要錢說著：「叔叔，叔叔，你給我一塊錢。」

因為以前去廈門的鄉親人生地不熟地往往不明就裡的會碰到一些好氣又好笑的可怕經驗，回來後自會口耳相傳相互告知。所以現在的遊客都很聰明了，你只要「善心大發」給了一個人後，馬上周圍其他的人會很快地忽然冒出來「蜂擁而上」把你團團圍住，到時叫你「濕手沾麵粉，脫不了身」做散財童子。因之答曰：「我沒一塊錢。」誰知那小孩竟答道：「沒關係，那你給我紙鈔，我找你錢。」

哇咧！真叫他哭笑不得，當然也沒拿張五元、十元的給他，小男孩於是悻悻然地跑走了，口中還不斷忿忿地唸著：「你好小氣，你好小氣，你好小氣喔！」

尿尿小童

八月二十日要回金的這一天，我與大姐在廈門街道上自由閒逛。我看很多商店前、小攤販處都陳列著一個個的咖啡色小童。大姐說：「那種小男童上次妳姐夫來也買了一個回去，買的時候當場試是會噴水的，結果回家時怎麼試都不噴水，好像是騙人的。」我當時也沒問那是做什麼的？只當是個擺飾或玩具罷了！

後來集合上車前往「御上茗園」參觀，見美麗、口齒清晰的解說員也拿著一小童時，才知道原來他是個「試溫石」，只見她一邊滔滔不絕有條不紊地說著「茶道」，一面把開水往小童身上「澆」。

哇咧！真的噴出一條優美的彎形水柱，看得我們當場「驚呼起來」，而為什麼有時會失靈不噴了呢？那是因為水的溫度沒達到一百度嘛！所以就不尿給你看囉！

城市遊蹤記趣（下）

迎賓曲

八月十六日下午我們搭機到上海時已近傍晚，「浦東機場」是座新蓋的新機場，離市區比較遠，加上車程時間到達預定的餐廳時已近七點。看停車場擠了一堆的大巴士就知道餐廳的生意很好，高朋滿座，但停車場入口處太窄，碰到剛好有車要出、有車要進時，那就是在考驗師傅的「技術」功力了。我們的車就在等和閃的進進、停停、退退中才到達「傣家村大酒店」。

那是一間充滿雲南傣族風情的餐廳，服務人員

不論男女全部穿著傳統服飾，餐廳的佈置也全以竹子、木頭和紅花綠葉來裝飾，牆上也畫滿傣族人像，或跳舞或喝酒、唱歌，十分生動。也有一些美麗的圖騰，把整個傣族風情濃濃地散發出來，彷彿我們就置身在雲南中。我們都非常開心，燈光美、人美、氣氛佳，覺得一切都很美好，唯獨不習慣的是他們的「迎賓樂曲」。

那是在大門處左右各站著兩個男士，手上各拿著鑼或鈸，一有「人客」進入就「敲敲打打」一番表示歡迎，可他們敲打的節奏居然是我們金門寺廟作醮時和乩童起乩時的「音樂」。天啊！聽了簡直「好怪異」！全團的人都笑了起來，也有點「不敢領教」。不過，這證明了大家都是中國人，文化也都「相通」的嘛！就連咱們最古老、傳統的寺廟音律也會在「雲南」出現，而且是代表著「最熱誠歡迎光臨的迎賓曲」呢！

閉門羹

八月十八日我們遊杭州，當天下午安排的最後一個景點是濟公出家落腳的「靈隱寺」。因為遊西湖耽誤了些時間，再加上師傅對杭州市的路不熟，因此時間顯得非常趕。但小金說：「他們五點半下班，我們走快點趕在五點半之前到就可以了！」所以，買了門票入內後，一夥人就急匆匆地直奔「靈隱寺」。

誰知到了寺廟的入口處時，工作人員「拒不開門」。原因是「他們下班了。」小金看看手錶才五點二十五分，還差五分鐘怎麼可以提早下班？把我們這一團自遠道而來的人客「擋在門外」實在說不過去，就用杭州話與他們「據理力爭」，雙方的話說得又快又急，咕咕噥噥的彼此你來我往。我們在一旁一句也聽不懂，只有乾等著。

最後，只見嬌小可愛的小金鐵青著臉有點無奈、沮喪地宣佈那「佔廟為王」的對方勝利。他們高興提早五分鐘下班回家嘛！誰理你是打哪兒來的觀光客？同是杭州人，簡直是太不給小金面子了。我們一團人雖然很失望，但也沒多說什麼，小金已盡力了。我們不忍苛責。此寺不看看別處嘛！我們又隨著小金的步伐繼續往前走囉！

濟公洞

到「靈隱寺」前卻不得其門而入，我們就到週邊環境尋幽訪勝一番。首先小金帶我們到一個山洞，她說：此地是濟公「自我解放」的地方，洞中有兩塊分開矗立的石頭，它們之間的距離剛好可放一個鍋子，所以囉！濟公就在石縫中生火烹煮他最喜愛的狗肉了。一整隻狗慢慢地吃完了之後，剩下那個狗頭怎麼辦呢？丟在外面草叢中遲早會被發現，因此又找了處洞壁有凹縫處剛好可把狗頭「嵌掛」進去。

我們遠遠一看，哇咧！看其形狀還真的很像一個狗頭呢！早已成化石的狗頭彷彿還心有不甘、齜牙咧嘴地瞪視著我們哩！接著我們又來到另一處洞壁，小金的手往上一指，大夥抬頭一看，小金說了：「濟公吃飽喝足了之後，當然要好好睡一覺，又不能光明正大的回寺中睡，剛好這時讓他發現了洞壁上延伸出來的這一塊石板，長度大小正好夠他一個人睡，所以就安心地睡在石床上做他的夢去……」天啊！還真的是一張天然的「石床」。小金又說了：「聽說這張石床對愛打麻將的人特別靈驗，摸一下後回去打牌一定贏。」當真？不管真的假的，既然來了，不摸白不摸。尤其是喜好疊磚塊蓋房子者更是趨之若鶩，一摸再摸，希望回家後手氣都能夠果如其言的旺，當然最好來個「自摸」，那就更樂呆了！

一團人大大小小老老少少就邊看邊笑邊摸，都希望摸了之後帶來更好的運氣。那張石床經過濟公經年累月的睡，又經過常年不斷的遊客撫摸，早已光可鑑人，摸起來真是像嬰兒的肌膚，十分光滑細嫩無比。我不禁也多摸了好幾下，心想：夏天睡在這石床上真是好享受，簡直比吹冷氣還舒服呢！而這隱密石洞好像是老天專為濟公量身打造設計。難怪老師父也常為到處找不到濟公而氣得牙癢癢的，殊不知他正在這別有洞天的山洞中悠哉地煮著、吃著、喝著、睡著，享受著他的「洞中天地寬，快活似神仙」的生活情趣呢！

在往「靈隱寺」途中有看到不少往「千島湖」的指標。小金笑著問：「千島湖就在這附近，要不要順便去看一下？」話甫說完，大家驚呼著：「不要！不要！」一副「敬謝不敏」的樣子，真是「一朝被蛇咬，十年怕草繩」。

千島湖的「台灣遊客沉船事件」，讓大家觸目驚心，嚇都嚇死了，誰還想去？說到千島湖，小金順勢就接著詳述了千島湖事件之始末。她說：「原本這班人只是單純地想劫財而已，後來是因為船家都是同村的當地人，當然遲早也會認出他們來。為免後患無窮，當下心一橫，乾脆一不做二不休地來個殺人滅口，死無對證。因此把船家、乘客通通趕入船艙關起來，再放火燒船……。」嗚呼哀哉！一念之差竟然鑄此大孽，害死多少無辜的寶貴人命。

「兇手後來抓到了沒？」後排團友問著，小金說：「抓到了啊！已經槍斃了。」可我們車上的男生不相信老共辦事能力如此之強，這麼快破案。接著又問：「會不會是隨便抓幾個要犯來頂替充當兇手，騙騙國際社會大眾算是有所交代？」車上的幾個男生真是頭腦特好，虧他們都想得到這點。小金說了：「不會啦！絕對是如假包換的兇手。怎麼查呢？因為他們劫了財，一下子像暴發戶似的有錢了起來，公安和調查員都在密切注意，誰的生活一下子富裕了起來？誰的手頭最近這陣子也寬鬆許多，這都可以查的嘛！所以案子沒拖多久，很快就破了啊！」

說的也是，我們這一夥人也就不再你一言我一語地緊問不捨，就當做是默認贊同了。可小金心裡一定嘀咕著：「哎！帶你們這一團可真難搞，一會兒要套我教叫『爸爸』，一會兒又要懷疑偉大祖國的公安辦事能力，下回不知道又要出什麼難題來考我？」小金的表情還真有幾分無可奈何呢！

因禍得福

話說小金見我們都乖乖地不再發問後接著又說了：「其實千島湖本來也只是一個極普通的景點，卻因為『台灣遊客遇害事件』而弄得全世界都知道，一下子變得非常出名，而公安辦案時牽扯到地籍的『歸屬』問題與責任，千島湖介於建德與淳安之間，此時兩地就互相推諉千島湖並非其轄區境內，千島湖變成一個『燙手的山芋』，兩縣都不認。可是這個被互相丟來丟去的皮球，到最後總有一方要接手來承擔後果的懲處問題……。」

此時團友又問了：「千島湖事件那麼恐怖可怕，還有遊客敢去嗎？」小金答著：「是的，千島湖的觀光客一下子一落千丈，尤其是台灣團三年之內都不敢來了。而最近這幾年祖國也特別注重觀光業的發展及遊客的安全，千島湖因沉船事件而國際知名，如今已事過境遷，反變成是一個熱門的觀光景點，這讓千島湖歸屬的『淳安縣』一下子增加了許多觀光收益，整個縣市也變得非常繁榮、進步。」

哇咧！真是柳暗花明又一村，古人言：「塞翁失馬，焉知非福」，一點都不錯，當初爹娘不疼，奶奶不愛的千島湖，兩縣都「欲丟之而後快」，如今倒成了掌上明珠，帶來財源滾滾，真是「因禍得福」的最佳例證。而當初「拋球成功脫手」的建德縣，如今也肯定是懊惱萬分，只有眼巴巴地乾瞪眼，羨慕淳安縣的大發利市、財源廣進囉！

其實，以我當時的想法是既然來到附近了，車子繞一下不妨去看看瞧瞧千島湖到底是什麼樣子的？有何迷人的風光或其特殊之處？但全車的團友聽小金話一出口，馬上齊聲驚呼：「不要不要！」也就作罷，畢竟，來日方長嘛！

簡體字

當船靠岸後排隊等候通關進入廈門市，一票讀國小的小朋友們抬頭一看都嗆嗆呼呼地說：「唉呀！都是簡體字，全部看不懂。」說的也是，這對岸的同文同種的同胞（差點又要叫老共）實在太偷懶，大部份的正統國字被削頭去尾，少左邊缺右邊實在「精簡」得不像話，有些更離譜得我都猜不出到底是什麼字？因此，在整個五天四夜的江南遊旅程中，認識解讀「簡體字」變成是我們最有興趣的事物之一。大姐美亮是老師，悟性比我好，偶而我有幾個字一直瞧不出它的「本尊」時經她一推敲，馬上就顯現原形。大姐還說：「外國人比較喜歡學簡體字，因為簡單又筆劃少，好記，不像我們的國字是繁體字，筆劃多，難寫！」哎呀呀！一切只要習慣就好。像我們來到彼岸，觸目所見皆是簡體字，還真的覺得突兀不適，怎麼看都總覺得這些分身和本尊很不搭，看得超不順眼哩！

姓與名

團友有一位金門女婿就在咱金門安家落戶定居，此次為第二次攜家帶眷出國旅遊，他向陳伯伯遞上一張名片說：「我叫『變化』，我在開怪手，也和朋友合夥開一家自助餐店……，有空來山外時歡迎到我家泡茶。」我一聽「變化」？覺得好奇怪，認為他是在開玩笑，好奇地湊過去一看，原來此「卞」非彼「變」。而想像力一向超豐富的我馬上聯想到以香港人簡稱某太太為「陳太、李太」而言，那麼「卞太」就很有趣了，而若女兒像楊文瑋小姐的嬌嬌女取名為「蜜蜜」單名一個蜜字就成了「卞蜜」，哇！那更好玩了。（卞先生，大家有緣同團旅遊，開個小玩笑，相信你不介意吧！）團友還有一位特殊人物陳伯伯，早先就知道陳老師的老爸人稱「六一」，但我想也許那只是家中的「小名」罷了！直到那天在旅客服務中心發出境證件時，因人太多了要擠過去拿，我順便幫陳伯伯拿，問陳伯的「大名」時，他老人家說：「六一」。我愣了一下，覺得好怪，半信半疑心中想著：「真的叫『六一』？」拿了證件後還在想：為什麼名字取這個「數字」？後來在午餐時陳振秀老師說了：「取這個名字是有典故的，因為我父親上面有五個姐姐，那我父親排行老六，卻是第一個男生，所以就取名六一……。」喔！原來如此，所幸陳伯是男生排行第一，如是男生排行第二，那麼「六二」就變成杭州罵人的話了！（六一伯，一向有雅量的您對於吾等小輩胡言亂語的消遣肯定是哈哈一笑了！）

上海男人

當我們坐車遊覽上海時，導遊小金說了：「上海男人疼老婆是出了名的，套一句現代的流行術語那就是標準的『新好男人』了，上海男人白天認真工作為事業打拚，下班後就直奔市場採買一家吃食，大包小包的帶回家後圍上圍裙就開始下廚洗手做羹湯，端上桌後才恭請老婆大人和小孩出來用膳，真是十分溫柔體貼的把老婆捧在手掌心當寶，所以囉！上海女人是最幸福的，上海女人也最嬌滴滴的，因為都有老公寵著嘛。」哇咧！說得我好生羨慕，暗暗賭咒發誓，下輩子投胎一定要選擇上海做個上海女人，幸福快樂地過一輩子。想想，下輩子太遙遠，嗯！現在兩岸通婚頻繁，眼前的十八變的女兒乾脆建議她找個「上海老公」豈不更好？

三合一團

第一次出國旅遊觀光，小女子對啥事都充滿好奇新鮮。原想以為入境後到飯店把行李放置房間，午飯後可午睡片刻再出發觀景，後再回飯店住宿用餐。結果，一上了遊覽車完全不是這麼一回事，行李放入遊覽車下層，走到哪裡行李就「跟」到哪裡，只有晚上住宿時才搬入房間，隔天一大早又「搬」出來上遊覽車與我們同行。所以，導遊小金就說了：「我們這一團可說是三合一團哩！何謂『三合一』？就是進香團、搬家團和美食團。」說的也對，看看行程，五天四夜，一天去一個地方，四天住四間飯店，每天的景點都有「寺廟」讓我們膜拜朝聖，如上海的「玉佛寺」、「城隍廟」，蘇州的「寒山寺」，杭州的「岳王廟、靈隱寺」，真的是進香、搬家、美食三合一觀光團哩！

上車睡覺

出外旅遊的經典名言是「上車睡覺，下車尿尿」，我這俗斃了的土包子之前還問大姐說是否「午飯後有午休時間」？因我一向有午睡片刻的習慣，只要兩天不午睡，第三天馬上頭痛，大姐說：「妳想得真美，妳以為還是在家裡？可以午睡夠了再上車？出外遊玩嘛就是一個景點接一個景

點地看，哪能浪費時間在飯店午睡？別傻了妳。」哇咧！這下我可擔心了，午飯後緊接著馬不停蹄地逛，豈不要了我的命？萬一頭痛發作那就「遊興大減」。結果五天來我在早出晚歸的行程車途中居然完全沒補眠過。偶而回頭一看，哇噻！全車男女老少通通都各自尋好夢會周公去囉！大家睡得東倒西歪，唯獨小女子與開車的帥哥鄭師傅是「清醒」的，而一向愛瀏覽自然風光的我，一路上更是精神十足目不轉睛地緊盯著一幕幕從車窗外飛馳而過的景色，就像在看電影似的時時變換著不同面貌的場景，啊！心情超愉快，就連一向形影不離的「午休瞌睡蟲」也得閃一邊去，什麼「上車睡覺」？哎喲！那簡直太糟蹋、浪費所交的「團費」了！上了車，小女子我依然是「一尾活龍」呢！

曬衣街

當遊覽車進入杭州市時，哇咧！可到了小金的地盤了，但司機鄭師傅是蘇州人，對於杭州的大街小巷「並不熟」，一個不留神，該左轉的他右轉，該直走的他右轉，所以小金就得處處留神看看現在走的是哪條街？等下又該走哪條路？隨時指揮師傅路線，我們坐在車上則無所謂，乘機多瞧瞧杭州的城市風光，多看看街景。當車子一下子轉這裡一下子又往那裡時，忽然來到了一條普通的街道，大家眼前一亮，都盯著窗外猛瞧，原來，這條街的陽台外面的左右兩旁都各伸出一支長長的鐵桿，上面掛滿了一家老少的衣服。但最令人大開眼界的是連女性最私密的內衣褲也通通在此「光天化日」之下一覽無遺。甚至還有誇張到在電線桿與電線桿之間的「電線」也充分被「物盡其用」地掛滿了各種衣服。小金看著我們一臉驚奇的表情笑著說：「普通的中等家庭都沒書房，所以很多人都把陽台擴充當做書房或做其他房間，所以晒衣服就通通移到不佔空間的外面來了。」可惜的是當時沒拿相機把這奇異的「另類街景」拍下來，至今，那一整條街的一排接一排五花八門、五顏六色的各種衣服懸掛空中曝曬的爆笑鏡頭仍深留腦海哩。小女子不知其街名，姑且就稱它為「曬衣街」吧！

電視

在家中，我們最大的消遣就是看「電視」，現今出外遊玩，又是在彼岸的大陸，每天早出晚歸地回到飯店後仍習慣性的打開電視瞧瞧，只是，每次看不到一個鐘頭就「關機」，因為，大陸的電視節目實在是「不怎麼好看」，想想咱們自由民主的台灣，電子媒體蓬勃發展，各類電視節目無所不用其極的使出渾身解數要飆高「收視率」，要搶頭條，要報最新最令人茶餘飯後津津樂道的新聞，影視明星、政治人物、名人緋聞，以及生活中不斷花樣翻新、層出不窮的社會案件……，我們都已經習慣了這些存在於社會、生活上的「八卦文化」，習慣了搶案的發生，習慣了男女情事，習慣了青少年校園問題，習慣了跳樓、色情、暴力，可這種種光怪陸離的現象在大陸的播報新聞上都「沒發生」。大姐說：「嗯！大陸不像台灣，他們都極少播報負面新聞，這也好，好事要出門，壞事就不要傳千里，隱惡揚善和報喜不報憂都各有其利弊吧！」固然，我們生活在這高科技時代，資訊一日千里，但每天聽聞接受這麼多的負面新聞，在精神上也是一大負擔，心理上更覺社會非常亂，充滿恐懼、不安。看了新聞節目後再一一轉台看是否有綜藝或益智或其他類型節目，結果都「大失所望」，無論服裝、佈景、主持人、來賓都遠遠不及我們的電視節目，最後都只瞄一眼關機睡覺。這令我想起數位大陸新娘上某一節目時所說的話：「台灣的電視節目真的太好看了，我一整天從早到晚都在看電視，根本都不想出門逛……。」如今小女子來見識一下他們的電視節目，天啊！大陸新娘「所言不差、句句屬實」。我想，要是叫我長住大陸，斷絕那各類精采絕倫的電視節目，那我真會「凍袜條」呢！

帶路

當遊覽車由高速公路下來轉入杭州市地界時，我們在沿途看到了不少的有篷人力三輪車，更有趣的是有不少中年男性或站或蹲著在路旁，他們手上都拿著一個牌子，上面寫著「帶路」兩字，想當然耳，就是你到他們的地盤人生路不熟的，他收點蠅頭小利予你方便也皆大歡喜嘛！此時小金也說了：「杭州是個悠閒的城市，也是上海人的後花園，他們都喜歡來杭州渡假休閒，紓解一下工作壓力，但是上海人很自大，視杭州人為鄉下人，當然這也令杭州人很不爽，因此如果碰到上海人用他的上海話來問路的話，就更火大了，明明是往西的路，杭州人就給你指往東，叫你多走一些冤枉路，所以現在上海人也學乖了，問路時就用普通話啦！不敢再秀出他的上海話來傲人。」當然，這些都是較早以前的事了，現在祖國不斷高喊「經濟起飛」，一切「向前（錢）看」，政府與人民都在拼經濟！所以現在外地人來杭州問路時，杭州人也不再給你「亂指

一通」，直接把問路變成是一種行業了。哇咧，問路與帶路一字之差差很多耶，問路免費、帶路可是要收錢的，啊，我們還真佩服杭州人的聰明哩！

素·描·人·物

偷窺

這是一件真實的故事，每當母親聊談起來時，我都聽得哈哈大笑。

話說二十年代仍是一個極端封閉的社會，婚姻大事仍靠媒妁之言、父母作主。當時媒婆向陳家小姐介紹一門許家的親事。陳家小姐長的不錯，大眼尖鼻，身材高挑頗具姿色。心高氣傲的她對於自己的終身大事倒是很有主見，她才不甘心糊裡糊塗地就嫁給媒婆口中的人選，說什麼也要瞄一下未來的「他」再做決定。

陳母想想也對，雖然許家一再上門提親，但女兒畢竟是當事人總要尊重一下。可那時民風習俗根本連「相親」的形式都「尚未萌芽」，如何讓女主角見到男主角呢？聰明的媒婆腦筋快轉一下，這有什麼難的？把對方

的住家地址告訴女方，有空時自己去瞧瞧不就得了？陳家小姐為了自己的終身大事計，當真三不五時有意無意地在「他」家附近閒逛、走動、徘徊。有一天，她真的見到他了！一樣身材高挑與她十分登對匹配外，面貌更是溫文儒雅、風度翩翩。當下芳心大喜，馬上點頭答應婚事。

當許、陳兩家聯姻成功，準備大張旗鼓辦理個熱熱鬧鬧、風風光光的婚禮時，卻突然出現一些好事者私底下「議論紛紛」，直說：哎呀！陳家小姐怎會看上許家少爺？簡直不可思議。有的更當著陳小姐面前潑冷水說：許少爺雖然「家有恆產」，但他可是個五短身材，妳這長腿姐姐當真願意委身下嫁……？大家七嘴八舌又對男主角評頭論足一番。但可愛的陳小姐一點不為所動，通通都當耳邊風。因為，眼見為憑，她早已「偷窺」過未來郎君，真的是一表人才，優的沒話說。

結婚那天，陳家一片喜氣洋洋，盛裝打扮的新娘更是喜形於色，想想有哪位姑娘能像她一樣嫁了個人有人才、錢有錢財的如意郎君呢！她臉上掩不住無限的嬌羞與喜悅，在一陣陣吹吹打打的迎親喜樂的音符跳動中，當門簾掀開時，陳家小姐在媒婆的攙扶下走出房門，一眼瞄見了前來迎娶的新郎時，剎那間「臉色慘白、花容失色」，彷彿由天堂一下子掉進地獄。站在眼前的「他」竟然是那些她當初認為是在「搞破壞」的親朋好友口中所形容的模樣。霎時只覺得天旋地轉、風雲變色，差點沒昏了過去，她很想退回房內，不嫁了！做個「落跑新娘」，可現在兩家屋內屋外的熱鬧場面怎麼辦？箭已經在弦上，不得不發。她腦筋一片空白，神情茫茫然不知是如何經過客廳、跨過門檻、走過院子，走出大門上花轎的……。

至於為什麼新郎不是「那個他」？唉！千錯萬錯都是自己「偷窺」出的錯！哎！千不該萬不該，是媒婆根本沒說出確實的住屋「門牌號碼」，只說了個大概地址，兩家的房子又都蓋得一個樣，偏偏那時在廈門工作的「他」回家休假，進出之間好巧不巧地被「她」偷窺到了！先入為主的印象讓她沒再做「確認」的動作，旁人的言語也動搖不了她一味認定執著

的心。原來，她看到的「俊男帥哥」是住在許家隔壁的大舅。

婚後，陳家小姐對這陰錯陽差的「天龍地虎」配仍耿耿於懷「心有不甘」，三天兩頭吵著要「離婚」。而一向是溝通高手常做和事佬的外婆更是苦口婆心，不厭其煩地努力勸說，說什麼姻緣是天註定，誰和誰吃飯都是早就配好的，何況許家少爺除了身高稍遜外，其它的條件都很優，重要的是個性好，對她百依百順，公婆也很疼她……，到哪裡再去找這麼好的婆家？好說歹說地好不容易才勸住、穩住了陳家小姐的心，從此夫妻和樂，歡歡喜喜的過日子。至於隔壁厝的帥哥，兩年後也娶了我那美麗、賢淑的舅媽。

如今，許伯父和大舅都已早登極樂，而子孫成群做了內外祖母的許伯母，七十多歲了仍不改她那開朗、愛說笑的本性，此次母親返金特地抽空與她小敘，聊談起當年當時「偷窺」時的看錯人，兩個老人家佈滿皺紋的臉上都笑成一團，許伯母還用她一慣的口頭禪說著：「哎喲！夭壽ㄟ，當時真的還好高興要嫁給妳大哥呢！」

走水

在古老的三十年代，一個女人家，如果可以在家相夫教子安逸過日子的話，誰願意拋頭露面的在外走跳奔波做什麼女強人呢？

話說我的外婆就沒這好福份。當體弱多病的外公往生時，外婆不得不挑起一家的生活重擔。而夫家鄉下的田產她一個弱女子又耕作不了，城裡除了娘家現在所住的屋宅外再也無恆產。面對每天日常生活所需的開銷，光靠她拿針線做女紅是賺不了什麼錢的。

個性堅毅勇敢又聰明的她，觀察到不論怎樣，還是做生意比較有利潤。但是開店要一筆押金，月月要租金，對一個只夠三餐溫飽的家庭而言，這條路是極冒險且行不通的。古人言：窮則變，變則通。她開始運籌帷幄，到水果店批貨讓大舅四處叫賣，小舅分配到較輕鬆的「賣香煙」，媽媽負責在家整理家務，日春阿姨和表哥則賣炒花生、燒酒螺，至於一家之主的她要做什麼呢？藝高膽大的

她決定投入那少了種種固定支出，不需店面只需買船票的「走水」行列。

當時，廈門、鼓浪嶼、金門都可自由通航，而從事這種「走水跑單幫」的大都以男性居多，女人家若無過人的膽識及體力是做不來的。

外婆先做了兩套寬寬大大的深色（黑色與咖啡色）褲裝，好掩護她所夾帶的一些違禁品，表面上她們肩上挑的、手上拿的都是些極其普通的日用品，私底下真正好康的都暗藏在身體上。外婆跑的是廈門、鼓浪嶼路線，鼓浪嶼是「萬國地」，有許多的大使館，居民生活悠閒優渥，島上沒有養豬戶，因此，豬肉在島上是極其珍貴的「高檔品」。外婆把一塊塊的豬肉包好後再緊緊地綁在腰上、肚子、大腿、小腿，舉凡可以藏、夾帶的地方，通通都利用到了！除了內在的這「一身肉」將賺進高一點的利潤外，外在的高粱掃把、花生油、雞、鴨，還得挑著、提著呢！到了廈門、鼓浪嶼把貨都銷售出清後，外婆在當地買了高級布料、進口煙、胭脂花粉、小飾品再回金轉賣銷售。

但是，並非每次的「走水」生意都能如此幸運過關，有時碰到海關人員檢查得比較嚴格時，就得忍痛把「走私品」丟掉或趕緊找個地方藏起來，可往往等到返回要拿時，東西早已不翼而飛。所以，這種買賣也是有風險的，尤其在入境候檢時更得發揮「眼觀四方、耳聽八方」的本事，處處留心，機靈著點兒。

當然，外婆也沒每天都去走水，有時風聲緊，查得嚴時，就趁機在家休息，享享天倫之樂，再想想家鄉金門有什麼物品可外銷到廈門、鼓浪嶼的。由此可知，我的外婆是一個極度聰穎、高智商的女性，如果她生長在這時代，勢必有一番作為。

後來，外婆多了一個搭擋，那就是婚後七年就喪偶的姨媽，她帶著稚子回娘家住。新寡的姨媽，悲傷的情緒令她鬱鬱寡歡。外婆不忍見愛女終日如此悶悶不樂沉浸在往昔的回憶之海中，她鼓勵她要勇敢走出陰霾，到外面見見世面，她說：「世界仍是如此美好，日子也總是要過下去，何況，妳並非一無所有，有愛妳的家人，有妳最愛的兒子，孩子也希望有個開朗的媽媽啊！」就這樣，思路一向清晰，口才一向絕佳的外婆說動了姨媽，她帶著她在身邊見習，學著如何買賣貨物做生意。當外婆認為姨媽已可以「出師」獨當一面時，就讓姨媽單獨跑大金和小金的路線。有了姨媽的加入，家中的經濟無形中又往前推進了一步。

外婆靠著她過人的精力，堅強的個性，不怕挫折困難的勇氣，把整個家撐起來，把孩子一個個拉拔長大，男婚女嫁各個成家立業，才卸下身上的重擔，結束來回奔波往返的「走水歲月」，安享兒孫滿堂的晚年，直至八十八歲高齡壽終正寢走完一生。

每當母親聊談起她童年的生活點滴、成長記憶，對外婆的又敬又畏又愛的深厚感情溢於言表。即使是如今外婆已往生三十年了，母親對外婆的感恩與懷念仍是那麼地深濃與不捨。

而我想，外婆對「家」無怨無悔無盡地付出，顯現了金門家鄉女性堅毅卓絕、刻苦耐勞的特性，也樹立了一個良好的典範。越是在艱苦困頓的環境，越要自立自強，迎接挑戰，活出自我。這點，永遠活在我心中的外婆，她，完完全全地做到了！

推手

每次喝喜酒到遠一點的餐廳時（如葡京、盈春閣），我都習慣搭寶珍老師的車。啊！說起寶珍，她讀國中時我就認識她了。她皮膚白皙、個性溫和、未語先笑，讓人樂於親近。她和我大姐美亮是同班同學，也是一輩子的好朋友，常常到我家來。小學時候的我就常常「越級」認識了姐姐、哥哥們的同學、朋友。

對於「女人開車」，完全不會開車的我非常佩服，通通把她們當「偶像」看，覺得她們「好了不起喔！」手握方向盤，就可隨心所欲地驅動這「四輪車」。像我，最高等級僅止於「機車」。老公就常笑我又誇我說：「妳會騎機車就已經很了不起了！」從來也沒說過任何一句鼓勵我去「開車」的話。其實，說的也是。我有自知之明，像我

這種對機器感覺「超遲鈍」，頭腦反應又「慢一拍」的人，確實是做「乘客」比較安全、適合。「學開車」？我壓根兒從來是「想都沒想過」。

有一次我又搭寶珍的車，聊起「開車」種種。她笑著說：「去學就好了阿。」又道：「妳知道嗎？我以前連腳踏車都不敢騎呢！」「真的嗎？」我有些吃驚。接著她一邊熟練地開著車，一邊談笑風生地聊起學車的種種過程。

另一半和她是同學，婚後住夫家「成功村」。她在金城的學校教書，每日來回都得搭公車，中午則來回走路到娘家午餐。初時也還好，走路當運動也不錯。但隨著孩子相繼而來，日子也越來越忙碌。孩子為方便就近照顧，學齡後全在她任職的學校就讀。上學的日子，一早起床後，全家都是「快節奏」的動作。因為，要趕搭公車。她笑著說：「算算整整有十年的時間，我都帶著孩子追著公車跑！甚至有一段時期是四個小孩全都帶上車呢！」

午餐時間，娘家到學校的路途說長不長，說短也不短。雖然說，把走路當運動也滿好的。但夏天熱，冬天冷，這段路總是也有一段距離。何況還要偕同孩子如此「全家健行」，一天四趟（下了公車也要徒步回家）走下來也很辛苦。身在軍旅的老公看在眼裡，也很心疼、體恤愛妻的辛勞。當時，「戰地政務」尚未解除，「轎車」受到相當嚴格的管制。所以，當「戰地政務」解禁後，轎車不再受限，可以自由入境買賣時馬上當機立斷，極力鼓勵嬌妻去學「開車」。

目標設定後，寶珍的老公發揮他在軍中領導才能，對連腳踏車都不會騎的老婆說：「一切得從基礎做起，不能沒底子就三級跳。」隨即買了一部前面沒橫桿，隨時可以跳車的腳踏車讓她「練習騎車」，有空就從旁給予「技術指導」。老師的工作是很繁忙緊湊的，尤其是一直擔任一、二年級導師的寶珍。所以囉！在娘家與學校的這段路變成是她努力以赴學習平衡騎車的「最佳路線」。沒多久，她騎車的技術越來越好，已經可以到處「趴趴走」。啊！不用再坐11號公車，四處「走」透透的感覺真好！

而關於騎腳踏車，還有一件令她終身難忘的趣事哩。有一次她穿著「長裙」騎車到最熱鬧的東門市場買菜，下車時裙子居然被輪子給捲了進去，她拉扯了很久，始終是人與裙子、輪子糾纏不清，她被困住了！最後總算在賣菜的李老板幫忙下順利脫困。可見我們在騎、乘車時，衣著也是一個重要的考量。騎腳踏車時短裙會「曝光」，長裙須注意其「危險性」。

亦曾看過一則新聞讓人印象深刻。那是一個冬天，穿著長至腳踝的長大衣的妙齡女子去坐火車，到站時她最後一個下車，（要命的是她忘了拎起大衣裙擺下車）火車要開了，揚起一陣風吹來，把她的衣擺給捲入門內，門關了，車開了！她措手不及，就被急速前進的火車給拖著走。這則新聞讓人「觸目

驚心」。女人愛美是「天性」，但穿衣哲學也要顧慮到「安全」為重。

話說寶珍的另一半，眼見老婆大人已能把小小的驥馬駕馭得「身輕如燕、來去如風」，認為可以「畢業了」！遂開始進入「第二階段」的訓練，馬上買了「摩托車」給她。早已打好底的她，騎著機車，嗯！超簡單，注意控制把手、油門就好。不愧出身軍旅，做事積極又有效率的老公，看著嬌妻輕而易舉地也把機車騎得「嚇嚇叫」，瞧在眼裡喜在心裡。看看又可以「出師」了，接著「緊鑼密鼓」地安排「第三階段」，也是最後的「重頭戲」，終極目標「轎車駕照」。他幫她報了「教練場」的上課課程，一有空她就騎著有著「野狼」別名的機車，在筆直寬敞、綠樹夾道的馬路上「風馳電掣」，奔波前往山外勤練轎車。

有道是：「認真的女人最美麗」。另一半每每休假回家時，總殷切地頻頻關心嬌妻的「開車進度」，晉升到哪一層級？有哪些細節需要小心注意。老公充當臨時「教練」，不時地從旁指導、耳提面命，加油、打氣。寶珍老師在他愛的鼓勵、督促、調教下，自然技術一路「突飛猛進」。甚至說：喔！開車，簡單啦，不過是雞毛蒜皮的小事一樁！

考駕照時，當然，以寶珍老師的聰明才智加上不斷的努力，那張轎車駕照就如「探囊取物」般的容易，一次過關。哇咧！至此老公已然就像「魔術師」般的把老婆完全「改造成功」哩！說著說著，車子已行駛在「賢厝」的路上，就快到達餐廳囉！寶珍笑著繼續說：「就連我的四個孩子，只要他們一滿十八歲，我先生就會要他們得先去考一張機車駕照，緊接著再去考一張轎車駕

照。所以，現在我四個孩子都會這項現代生活的基本技能。以後不論在那裡工作或讀書，行的方面就可自己掌控時間，來去自如……。」

餐廳到了，寶珍手握圓圓的方向盤，熟練地前進、轉彎、倒車、停車。看她的開車技術應該已是「功力深厚」，說不定還早已達到「爐火純青、出神入化、登峰造極」的境界。她又笑著說：「開車這麼多年了，也是偶而難免有擦撞過。但都是對方不遵守交通規則來撞我的。」所以，請大家務必要確實遵守交通規則，千萬小心駕駛。否則「市虎」到處橫行，真的是馬路如「虎口」啊！

我們進了大廳，賓客已陸續湧入，魚貫入坐。我倆亦找了學校同伴合坐一桌，大家愉悅聊談著……。而我的思緒仍還停留在「寶珍開車」的故事裡。原來「成功的女人」背後一定會有一個「偉大的男人」在處處鼓勵、支持她。同樣的，「成功的男人」背後也一定會有一個「偉大的女人」在全力愛他、挺他。寶珍的老公，也把他「軍人」果斷、獨立、堅毅的特質充分運用、發揮在家庭中。她笑著說，如果背後沒有這一雙強而有力的幕後「推手」，說不定現在的她還在辛苦地追著公車跑，還在徒步行走四方「走」透透呢！而寶珍的老公看著她們母子五人在他的訓練、調教下個個都會開車，也頗有「成就感」哩！而我，也有幸蒙其利，三不五時的喝喜酒時都做她的「乘客」，所以囉！才有今天這個「推手」故事的產生。

阿棋的世界

收集

好友阿盾告訴我一件有趣的事，她小兒子有一篇作文題目是「我的收集」，當然啦！各人所好不同，有的喜歡收集精美的圖片，有的收集郵票，有的收集當紅的影歌星偶像照，有的收集一些可愛的小玩偶、小擺飾啦！之後，他們的班導許老師說請各位同學帶各自的收集品來互相參觀欣賞交流一下，阿棋帶了一罐裝滿乳牙及被拔掉的牙齒的玻璃瓶來，一時「驚動老師，轟動全班」，連老師也頗感詫異，這個收藏品太「特殊」了！阿棋說，這是他「牙齒」的生長史，當然要好好保存下來。他把每一顆自然脫落的乳牙或到牙醫處拔掉的牙齒都一顆顆用牙刷洗乾淨，然後在太陽底下晒乾，再放入擦得光亮的玻璃

罐內，從小到大，一顆都沒遺漏哦！阿棋真可愛，我想，很少有人對自己的牙齒「情有獨鍾」到如此珍愛寶貝的地步ㄋㄟ！

可怕的人

阿盾聊起她的寶貝兒子阿棋，真是有說不完的趣事，話說有一年過完快快樂樂的暑假後要開學了，開學就要寫功課啦！這天的家課是日記一篇，他在日記上寫著：「開學了，我在故書上曾看到一句話說學校是專門捉弄小孩的地方，如果學校只有讀書識字、上課就好，不要寫功課、考試，那該多好？（說得好，這是很多小孩的心願）開學上課了，又要見到可怕的許素娥老師和李文曲老師……。」最後結尾是什麼我已經忘記了，因為整篇日記的「重點」已經說出來了！當班導許老師看到這一篇充滿童稚純真的「真情告白」後，真是又好氣又好笑對說阿棋著：「老師真有那麼可怕嗎？我自己都不知道ㄟ！」至於說到文中榜上有名的另一主角真令我笑翻，那是我老公，他在全校小朋友眼中真是實至名歸眾所皆知公認的「可怕等級第一名」。所以在此我也不用替他多做解釋。小孩子真是太可愛了，一點都不虛假，心有所想，筆有所書，這篇日記，真是傑作！而對於文中的班導許老師，小女子是十分敬重欣賞的，她非常注重學生的國語文教學與訓練，真正做到教之「嚴」、師之「勤」哩！更時常增加作文、日記的家課作業。所謂「名師出高徒、強將手下無弱兵」，班上的學生都有福了！啊，福氣啦！阿棋，你的阿盾媽媽也說啦，你的作文能力一直在進步，寫得越來越順暢、越來越好了哩！

巧克力

阿棋每次到附近的同學家或朋友家玩耍，有時同學、朋友都會拿餅乾、糖果與他分享，而他也就十分坦然地吃了，收了（有時帶回家來），因為大家都是好鄰居、好同學、好朋友嘛！有一次，親戚送了一盒精美且看來十分好吃可口的巧克力，剛好他正要出去找他的那一票好友、玩伴玩，大方的阿盾媽媽就說了：「阿棋啊！你常常吃別人的糖果餅乾，今天就輪到你請他們吃了，這盒巧克力拿去和大家分享吧！」阿棋一聽，這還得了，趕緊說：「不行，不行，這是我最愛吃的巧克力，而且就這麼一盒，拿去大家分吃了，那我吃什麼？」笑得阿盾媽媽直說他「小氣巴拉」的只吃別人的不分人家吃；哎！阿盾媽媽，雖然我們常說：「好東西要與好朋友分享」是沒錯，但「人不為己，天誅地滅」更是天經地義的事，心愛的巧克力只有一盒，當然是留著自己「慢慢享用」囉！

中國貞子

我與阿盾聊天，當然是話題離不開我的寶貝女兒和她的寶貝兒子，說到我女兒喜歡留長髮，又不肯好好梳理就十分生氣，有時髮圈隨便一套，長髮也沒好好梳順，有時自己隨便綁個馬尾，高不高、低不低的也很難看，更糟糕的是有時髮圈、髮夾、橡皮筋都不用，看起來不是飄逸美麗的「長髮披肩」，而是可怕的「披頭散髮」，簡直像個「肖婆」，她脾氣又倔又拗，軟硬不吃，為了她的長髮，我們天天都在鬥氣。這時，在一旁看電視的阿棋就說了：「我們班上也很多女生是這樣喔，我們許老師就說了，班上有好多七月怪談中的貞子喔！」說到這「著名鬼片」，我還特地與女兒坐車跑到山外「僑聲戲院」看哩。現在，女兒升上三年級了，也比較知道愛漂亮，每天早上上學都得催我這老媽親自為她梳頭，不再像往常堅持自己打理了，我想，也許阿棋說的「班上有好多貞子」這句話多少在她心中也起了點作用吧！畢竟，誰都不想當那「可怕的貞子」。

名次

阿棋成績一向都比女兒好，每次段考一結束，成績單發下來，他都會打電話來問：「阿姨，妳們寶寶考第幾名？」」女兒的唯一光榮記錄是考過「第六名」，之後就一直是十名之外，二十名之內。當然，如此中等程度是很難贏過阿棋，所以每一次問過名次之後，他都很開心，心情非常爽，阿盾媽媽就取笑他真愛「炫耀」。有次段考過後他又打電話問了：「阿姨，寶寶考第幾名？」因他每次都先自報名次嘛！這一次我要挫挫他的銳氣，在他報了名次後，故意給他來個超越他名次的數字，他聽了後「啊」了一聲，有點失望，有點氣餒，我心裡暗笑著：看你還跩不跩？此時，話筒那頭停頓數秒後又問：「阿姨，妳們寶寶這次進步這麼快啊！」「是啊！這次她很用功嘛！」我不動聲色地答著，不過，我終究是不想傷害他幼小的心靈，停了一下後我說：「騙你的啦！她若真能跑在你前面，那是奇蹟出現了！」話一說完，我彷彿感覺他暗暗鬆了一口氣後，開開心心地把電話掛了。

榜上有名

暑假時，班導許老師規定每天要寫一張書法，而且下了一道魔咒說：「不准寫得歪七扭八，隨便亂塗亂畫地應付了事，如果寫得太爛太混，要把書法貼在教室後面的佈告欄上讓大家好好欣賞，而且書法的左下角要寫上家長的尊姓大名」。阿盾媽媽說，這一招果然有效，她們家的小阿棋在外出玩耍時，總記得要先寫好一張書法，如果定不下心寫得不好時，自己會自動再一筆一劃重寫一張，直到認為「嗯！還可以」時才安心出去玩。因為，他不想他的書法被貼上布告欄！更不想讓

「爸爸的名字」榜上有名嘛！所以，兩個月的暑假他的書法在每日一張或數張的訓練下「大有進步」，開學時連許老師看了後都「大為誇讚」呢！可見天下沒有白吃的午餐，一分耕耘一分收穫，一點都沒錯耶！

重情

每個人都有自己的喜好和收藏，阿棋除了偏愛自己的牙齒外，他對曾經陪伴他歡渡童年快樂時光的玩具和穿過的衣服是很有感情的，所以都當寶貝般十分珍惜，他不准阿盾媽媽「把它們丟掉或送人」，可他小時候的衣服，現在長大都不能穿了，也不捨得送人，非得一件件保存在衣櫃內。阿盾媽媽又嫌太佔位置了，有時候會「偷偷地拿去送人」，但如果萬一不巧被阿棋發現了，啊，怎麼他的衣服少了幾件不見了？啊！媽媽拿去送人了，他會傷心得躲在浴室裡哇哇大哭，發洩一下悲傷不捨的情緒。阿盾媽媽就常有點無奈地取笑他：「阿棋，

你是不是要把這些衣服將來留給你兒子穿啊？」說的不錯，也許小阿棋正有此意，就像我那女兒，漂亮的衣服也「不准送人」，說將來要給哥哥、姐姐的孩子穿呢！看來，小孩子的世界裡，心愛的玩具，喜歡的衣服可通通都是「傳家寶」呢！可我真想不到，阿盾媽媽口中有時也頑皮搗蛋的阿棋，原來私底下竟是一個這麼重感情的小男生喲！

整人計劃

阿棋班上的狀元美女「黃國殷」，皮膚白白的，眼睛大大的，笑起來甜甜的，不僅是各科成績一把罩，永遠穩居第一名的冠軍寶座外，口才更是伶牙俐齒的一級棒，阿棋和幾個男生有時與她鬥嘴，常常都「說不贏她」，覺得她「真是太厲害了」！堂堂幾個男子漢居然常敗給一個女流之輩，心裡當然是很鬱卒、很吃鱉、很不爽啦！可又拿她沒辦法，她就是那麼「強」嘛！有一天，機會來了，和阿棋同住一社區又同班的阿華見阿殷在他家附近玩耍，當下與阿棋「密謀」著說著：「我家狗狗很兇，一見陌生人就汪汪叫個不停，女孩子都比較膽小，你在這裡等著，我回家牽狗狗來嚇嚇她。」隨即火速回家牽狗狗。當阿華裝模作樣地把狗狗牽來，並等著看阿殷被嚇哭的糗樣子時，結果呢？唉！也沒怎麼樣嘛！什麼事也沒發生。阿殷根本一點也不怕，還逗著那隻狗狗又跑又跳地玩得很開心呢！反倒是阿棋、阿華「被嚇到」了。只能嘆道：「這年頭，女強人還真多，也許我們丟一隻蟑螂或蜘蛛給阿殷，說不定她還身手矯健地一腳踩扁牠呢！」唉，這個臨時起意的整人計劃就宣告失敗嘍！

座位

這學期老師特別恩寵阿棋，把他安排坐在阿殷的隔壁。阿棋的爸爸說：「老師讓你坐在她旁邊是有鼓勵作用的，希望你能向她看齊學習，成績能夠再更上一層樓。」言下樓下之意，這是個絕佳的好位置耶！誰知阿棋小子卻一臉酷酷的表情，很不以為然地用很不屑的語氣說：「哼！誰稀罕？我才不稀罕和她坐在一起。」哇咧！看不出阿棋這小男生還挺有個性的。只是，現在年紀小對班導的安排很不知「感謝」，如果他日上了國中、高中轉換了另一時空場景，當隔壁坐了位成績、美貌皆第一，內外兼俱的「同學」時，「近水樓台」，到時可會暗自竊喜在心頭吧！

琦琦乖寶寶

琦琦！小妹的寶貝女兒，上個月才剛滿三足歲，留著短短的赫本頭，白皙的皮膚，大大的眼睛，可愛的小嘴，十足是個人見人愛的小女娃。

說起她的生日，大家最容易記得啦！因為，她是在「母親節」的前一天在台大醫院出生的，母親節那天播報的新聞中就有小妹抱著她的鏡頭。這些母親節前夕出生的寶寶，成了初為人母的媽媽們最佳的大禮物，過了第一個最欣喜、最溫馨快樂的「母親節」。所以，每年的母親節，小妹都會訂一個大蛋糕，寶貝女兒的生日和母親節就一起慶祝了。到了農曆生日，阿嬤又煮紅蛋、麵線，國曆農曆的生日都過到了，多好！

小妹是咱們家中四千金裡最小的，排行老六（再來是與她相差七歲的添弟），不想卻嫁入妹夫家成為「長媳」。妹夫的弟妹皆在台，四個大人的家庭中添了一個小娃兒，自是熱鬧非凡，生活一下子趣味活潑了起來。琦琦的加入，成了全家人生活的重心，寵愛的寶貝。

白天，小妹上班時，琦琦就由奶奶爺爺帶，下了班，小妹、妹夫可不能閒著，沖泡牛奶、餵牛奶、換尿布、洗澡、抱她、逗她，親身上陣體驗一下做爸爸媽媽的滋味與辛苦。琦琦小寶貝就在爺爺奶奶、爸爸媽媽的強力愛心「環伺」下健康快樂地成長。當然，她也為小妹家帶來了無限的樂趣及喜悅。

琦琦會翻身了！會坐、會爬、會走路、會牙牙學語、會玩玩具……，啊！多棒！每一個成長的階段都給小妹帶來不同的驚喜與滿足。每個星期天，小妹都固定回娘家來，她要讓小琦琦也能認識外公外婆、阿姨、姨丈和表哥、表姊們，能與我們親近而不是把我們當「陌生人」。

琦琦會走路時，最喜歡大她六歲的寶姐姐牽著她的小手一起去逛街、一起玩玩具、一起去漁會超市、超商溜躂……，寶姐姐成了她來金城最好的朋友。只要我們這位王嘉琦小姐一蒞臨外婆家時，她的老媽馬上第一件事就是打電話來我們家，請我們家的李二小姐「火速」去阿嬤家陪伴。一到例假日，寶姐姐也猛打電話直問著：「琦琦今天來不來？什麼時候來？」甚至一大清早起床就連打三通，吵得小妹、妹夫實在受不了！可見琦琦有多麼令人喜歡。

琦琦是個小女生，當然也非常愛漂亮。每次出門都知道要換漂亮的衣服，會拿自己的小襪子、小鞋子請媽媽替她穿上，現在長大了，知道女生穿裙子更好看，就比較少穿小時候的「褲裝」。而且，穿哪件都要她親自「挑選」，媽媽可不能隨便拿一件替她穿上喲！她年紀雖小，但也有她自己的主見及喜愛哩！

小妹說了一個她小時候的趣事。那就是有時她替琦琦換尿布時，躺在床上的小琦琦會雙腳亂踢，雙手直搖著說：「不要、不要、媽媽不要。」小妹很納悶，為什麼小琦琦這麼排斥她替她換尿布呢？面對爸爸卻不會這種態度。經過自己的一番檢討後才發現原來爸爸會和顏悅色地哄著她，讓她肯乖乖的服服貼貼的讓他換尿布，而她比較沒耐性，看到她頑皮不聽話不肯換時，常會忍不住的扳著臉孔，不怒而威的表情和說話的語氣當然也令小琦琦不開心嘛！自然就更拒絕她而喜歡爸爸代勞。喔！我們聽了都哈哈大笑，難怪以前我和老媽、寶姐姐都愛問她：「爸爸比較好？還是媽媽比較好？」可愛的小琦琦每次的回答都是：「爸爸」，原因就是爸爸會擺「笑臉」嘛！又會對她輕聲細語的。可見小娃兒是要「哄」的，一點也沒錯！更爆笑的是為了「爸爸比較好」的標準答案，小妹心中很不是滋味，還和妹夫猛吃醋，我們也取笑她：「妳做媽媽失敗喲！女兒的心都向著爸爸。」為此，小妹也從善如流，趕緊改進，下了班就騎摩托車帶她去兜風、擺著笑臉陪她玩，把自己的急性子改慢一點、溫柔一點，讓女兒也能和她親近貼心。果然，以後我們再拿老問題問琦琦時，她就說了：「爸爸、媽媽一樣好。」見證了凡走過的必留下痕跡，總算小妹的耐心、苦心沒有白費，自此也不用再和妹夫大吃飛醋了！

我最喜歡琦琦的一個大優點是她「不挑食」，食物到了她口中都是津津有味的，（挑食的小孩難帶，吃頓飯難如登天，做媽媽的頭痛又心疼）她喜歡吃香菇、蘑菇、魚、小肉丸、蝦、豆腐、麵、麵線、廣東稀飯、米飯……，有時她也不要人家餵，自己拿湯匙吃得好好的。小妹說，有幾次她肚子餓了就自己拿著碗和湯匙到廚房站在阿嬤身旁，等阿嬤把菜炒好，好餵她吃飯。可以想像琦琦拿著空碗在一旁等候的模樣有多可愛，阿嬤一定恨不得快快把菜炒好，捨不得小孫女在一旁久候呢！

琦琦從小在小妹的嚴格管教訓練下，不能喝飲料只喝「開水」，給她可樂、汽水、菊花茶什麼的，她會通通拒絕，堅持只要「開水」，也不吃任何一顆糖果，說會蛀牙。更厲害的是她從小就會拿牙刷刷牙，所以有一口漂亮的牙齒。我們都好同情琦琦，直說小妹太殘忍，剝奪了小孩子吃糖果的樂趣，甚至連餅乾也限定只能吃旺旺仙貝和旺仔小饅頭。小妹笑著說：「她已經習慣了，再說，我也是為她好啊！難道不對嗎？」也許，是做老師的比較會教小孩吧！從小就開始訓練、教育她。

琦琦很會說話，講出來的句子和用語都會讓妳嚇一大

跳，因為她都說得「很順」，詞句的應用也很貼切，甚至還常常加上她自己的創意。所以，聽琦琦講話、和琦琦聊天也是一件滿開心的事，小女娃那稚嫩又撒嬌的聲音，讓人聽了就打從心眼裡喜歡，我們就常愛找話來問她、逗她嘍！

小妹買了一套「兒歌教唱錄影帶」，沒事就播放給她看，培養她音樂、舞蹈的細胞。果然，小琦琦不負「母望」，錄影帶的所有兒歌都朗朗上口，諸如「河水之舞」、「蝴蝶」、「小星星」、「媽媽的眼睛」……，只要前奏音樂一開始，她就知道歌名，馬上跟著哼哼唱唱，高低音還很標準，絕不出錯哩！更好玩的是她居然教阿公學會唱「茉莉花」，二人可以組成「公孫二重唱」。除了唱歌，琦琦也愛跳舞，邊聽邊「搖擺」，動作不是很純熟，但也有模有樣的。小妹看著寶貝女兒的「獻藝」，常常樂得開懷大笑，一副「有女萬事足」的樣子，琦琦真是他們家的開心果、掌上珠、心中寶。

媽媽是小琦琦心中永遠的「美女」，因為我們總愛問她：「媽媽漂亮還是阿姨漂亮？」她一千零一個答案總是：「媽媽漂亮、阿姨醜醜。」世上沒人比得上「媽媽」美，阿姨靠邊站囉！我對小妹說：「唉呀！我這麼『水』的阿姨老是給我說醜醜，真叫我心理不平衡啊！」然後我們一陣哈哈大笑。童言無忌，小孩子的純真、可愛完全表露無遺。

小琦琦記憶力超強，是他們家中的「電話簿」。她把所有親戚的電話號碼都輸入那小小的腦袋瓜中，阿公阿嬤要打電話，問她準沒錯。有一次我有事找小妹，她尚未下班回家，我問親家公學校的電話，只聽他叫著說：「琦琦啊！媽媽學校電話是幾號？」琦琦在旁慢條斯理的把電話號碼唸了一遍，我心想：會不會有錯？小娃兒會不會搞混了？照著號碼打一遍試試，果然，還真不是胡吹亂蓋的。

琦琦的優點很多，一下子是說不完的，但其中我最「佩服」她的是她英文頂呱呱。小妹不惜花費鉅資買了一套「迪士尼兒童美語」，有書、圖片、CD、錄音帶、錄影片……，沒事母女一起學

英文，目前為止琦琦已會一百多個英文單字，哪個是哪個絕對不會唸錯。哎！水準這麼高，我就常對琦琦說：「妳跟阿姨說台語、國語都嘛也通，拜託妳千萬不要說英語，說英語就不通了！」老媽說：「唉呀！都教成外國小孩了。」老姐說：「我們英語差差，妳講嘛阿姨都聽嘸……。」不過，我一向是很虛心求教的，我也常不恥下問的問她：「這個字的中文意思是什麼？」趁機也記住了不少個英文單字。小妹笑著說：「我們琦琦是阿姨的英文小老師呢！」不但如此，琦琦在家中也教會了阿公認識ABC，琦琦的聰明指數不容懷疑。

有了小琦琦後，小妹「相夫」的責任就卸下了。她們一家三口去喝喜酒或參加親朋好友飯局時，坐在娃娃椅上的琦琦會交代：「爸爸不要喝酒。」要是接連幾天妹夫晚上都有應酬不回家吃飯時，小琦琦接到電話都會有點生氣的告訴媽媽說：「爸爸又說不回家吃飯了！」

以後的幾天就會緊迫盯人的打電話去妹夫辦公室問：「爸爸你今天回不回家吃晚餐？」為了寶貝女兒，妹夫推辭了很多的飯局、應酬，回家陪女兒吃晚飯最重要。有寶貝女兒管著爸爸，小妹可樂得在一旁清閒。

最近，琦琦喜歡畫畫，有天她就邊畫邊說著：「我畫一個漂亮的美眉送給爸爸。」小妹在旁聽了笑著說：「妳送爸爸漂亮的美眉，那爸爸就要漂亮美眉，媽媽怎麼辦？」乖巧的琦琦想了想後趕緊說了：「喔！那我要媽媽，漂亮的美眉就不送爸爸了。」有這麼窩心的女兒，惹得小妹開心極了！

有時，小妹下班回家累了，坐在椅子上悶聲不響的，小琦琦見媽媽很疲倦的樣子，就會趕緊雙手擁抱著媽媽，很關懷的問著：「媽媽，妳怎麼啦！」看著依偎在懷裡的心肝寶貝女兒，聽著她童稚的聲音，關心的問候，原本閉目養神的小妹一下子倦意全消，小小年紀就善解人意的琦琦令小妹心裡又高興又欣慰呢！

琦琦除了管爸爸外還負責媽媽的「瘦身」大計，吃蘋果時會對小妹說：「媽媽，妳要吃小的。」吃飯時也不准小妹吃太多喲！三不五時提醒小妹說：「媽媽，妳不是要減肥嗎？妳不能再吃了……。」無奈小妹如何節食少吃，體重還是無法有效的下降，一副「心寬體胖」，心滿意足快樂幸福的樣子。小妹說：「以後我要和琦琦去學校操場跑步運動減肥，琦琦會陪著我跑呢！」哇！母女檔，精神可嘉哦！琦琦從小就由爺爺帶著她滿村莊走透透「散步」，腳力之佳讓老媽都誇讚，如今要賠媽媽練跑步減肥，不用說，一定也會圓滿達成任務。

通常小孩子聽到要「看醫生」都非常排斥，甚至嚇得哇哇大哭。琦琦就不是這樣，她若感冒看醫生時絕對乖巧配合度高，喉嚨痛時乖乖張開嘴巴讓醫生叔叔檢查。會自動按時吃藥，不需要大人抓著強制灌藥。小時候打預防針時一屋子的小孩都在哭，只有她最勇敢忍著沒哭哩。

我從來沒見過琦琦有「黑肚番」哭鬧不休的鏡頭，就算偶而有不高興的時候，只要小妹與她溝通講理，她情緒很快就轉換過來，不會再一味任性地生氣。我就常對小妹說：「妳好命喔！生了個乖巧的好女兒。」的確，一個懂事乖巧的小孩讓做媽媽的教導起來事半功倍。她成長得開心快樂，做媽媽的也心情愉快又安慰。

啊！這個琦琦（王嘉琦），不止長相漂亮可愛，頭腦一級棒外，更是一個標準的正字標記「乖寶寶」哩！

註：乖寶寶琦琦今年已上國一囉！是個十項全能、品學兼優的績優生，可喜可賀！

素描

甲

她有個很好聽又好記的藝名紫琳，長得挺漂亮的，是讓人看了眼睛為之一亮的那種型。她皮膚白皙，身材不錯，有一頭半長的鬈髮，有雙瞇瞇眼，笑起來散放著一種溫柔迷人的眼神。

她坐在我身旁親切地拉著我的手與我聊談著，首先誇我皮膚好，不化妝也這麼美麗（歹勢！好像大家都這麼說）。禮尚往來嘛我也很誠心地讚美了她幾句。是她真的也看我滿「順眼」的？還是基於生意上的「應酬之道」，對我滿熱絡的話家常，聊著聊著把我當做知心姐妹淘似的傾吐她的「生財、生存」之道。

其實我由另一人口中已知她有兩個小孩要養，孩子的爹是已仳離或經商失敗或其它原因我不清楚，總之，她要獨力撫養兩個小孩。

她不算年輕貌美，也不是那種歷盡滄桑、徐娘半老的那一類，大概三十多歲吧！臉上永遠掛著迷人的笑容，她說：「我不會冷落在場的哪一個客人，每一桌我都會去和他們打招呼聊幾句，每位男士不論老的、中年的，我都會親熱的稱呼『哥哥』，哄著他們每個都開心，下次才會再來捧我的場啊！」又說：「客人來這裡，不就是要快快樂樂的嘛！他們高興，多給個紅包，我則多賺點錢，大家都開心嘛！」她說的沒錯，來者是客，一視同仁，絕不厚此薄彼引起其它客人的反彈而斷了自家的「財路」。

她是一個聰明的女子，為了生活為了孩子在歡場中打滾，出售一些美色與溫柔，趁著還有幾分姿色時努力存錢（聽說已積存數百萬）為將來的日子鋪路。

我就只見過她這一次，我一點都不鄙視她，我對她極有好感，印象深刻，她是個溫柔的百分之百的女人，也是個愛孩子的好母親。

乙

我不知道她的藝名，只知其真名。她是個很有個性的女子。五官長得不錯，身材高䠷，但略嫌太瘦了點，也是一頭鬈髮，言談舉止與「甲」比起來簡直是天壤之別大異其趣。

她坐在我對面，與我們這一桌的每個人痛快地大聲聊天，啤酒喝了一杯又一杯，煙抽了一支接一支，吞雲吐霧，神態自若，看來煙齡很久。我多嘴又好奇地問：「妳一天抽幾包煙呢？」她不假思索的說：「三包。」（嚇！煙瘾滿大的）說著聊著講到了她與老板之間的「酬勞」恩怨，談好的價碼居然縮水，當著同坐一桌的老板前面照樣憤憤不平、破口大罵，間或不斷的夾雜著「三字經」，作風強悍，和她的外表一點都不相襯。老板被批評被罵被吐槽得灰頭土臉，只有不斷地陪著笑臉安撫、道歉，誰叫他有眼不識眼前的這位「姑奶奶」。俗話說：「惹熊惹虎不要惹到恰查某」，他也沒先打聽打聽看看她的價碼行情，竟敢與她過不去，難怪要招來一頓惡言開罵。

她說她很喜歡唱歌，小學畢業後就出來唱歌。她歌聲有點沙啞，歌藝功力不錯，在她們這一票圈子中她算是「大姐」級的人，新進的姐妹都對她禮讓三分，她的價碼也高於其他人。

我和她合唱了幾首歌，她確是靠實力唱歌的，歌聲自有一股吸引人的磁性。我很疑惑以她的外貌和歌藝，當年應有一定程度的成就才對。她說以前「社會黑暗」，想要成名就得獻身陪宿、周旋在大老板之間，她是喜歡唱歌，但不會為了要成名大紅大紫而「出賣自己」，她十分不屑這樣的交易行為，因此一直在這圈子裡浮浮沉

沉著。

她言談乾脆直接，不惺惺作態，喝酒爽快，完全是個「男人婆」的豪爽個性。她說由於她錢賺得容易所以花得也快，錢在她的手中來來去去根本不當一回事。又說人生苦短，及時行樂也許是她的生活宗旨。她對看不順眼的客人不會「假以辭色」，不勉強自己、不委屈自己就是她獨特的處事（世）風格。

她有一個同居多年的男友，她也膩稱他為「老公」，但不結婚也不想有小孩，她自由自在慣了，享受慣了，生了小孩如不能好好照顧他、教育他也只是害了他而已。她說的沒錯，她習慣於她的生活形態，白天睡覺，醒來抽煙、打牌，晚上時間到去歌廳上班工作，下班後吃宵夜再繼續開打（麻將），打累了（也許到天亮，也許到中午）睡覺，週而復始，生活模式就是這樣，她就這麼輕鬆自在快樂地過日子……。

她也給我留下一個深刻的印象，完完全全不同於甲的溫柔可人。

丙

她有一個小孩，遇人不淑離婚了，也是留長髮（好像她們對長髮都特別偏愛），長的不是令人驚艷，但也不是俗不可耐，看起來是屬於沉靜溫柔的那種，不唱歌的時候穿著很淑女，笑起來甜甜的，皮膚也好，不多話不抽煙，在她身上找不到甲的那股歡場女子的笑臉與味道，也沒有像乙有著濃濃的「江湖味」，倒像是親切隨和的「鄰家女孩」，我只知道她的姓而不知芳名、藝名，但她也留給我一個很好的印象，她是為了生活才踏入這個圈子，歌齡尚淺，跟在「大姐」們身邊繞，總希望能多一些演出機會多跑幾個場子唱歌賺錢養孩子。

丁

她五官輪廓很深，皮膚有點黑。我沒記住她的藝名，只記得她那張濃妝艷抹五顏六色的臉，厚厚的一層粉掩飾不了那歷盡滄桑的眼神。

她穿著極盡暴露冶豔的服裝賣力的唱著歌，唱完歌後下台來遊走在桌與桌的客人之間，顯而易見地她收到客人打賞的紅包不是挺多的，臉上的笑容有點僵。她沒來我們這桌坐檯，我們四人已有老板和甲乙、丙三人夠熱鬧了，根本也沒位子再讓她坐，因而她也少領了一個紅包。

她有著什麼樣的故事呢？我不知道。但我想，在這歡場裡，年輕貌美才是本錢，一個女人年華

老去還在這個圈子裡畫著濃濃的妝擺著笑臉出賣色相掙錢過生活是不是有點辛酸與殘忍？

唱歌，是她個人喜好不捨放棄？抑或是為著殘酷的現實生活所迫，不得不在這燈紅酒綠送往迎來的聲色場所裡繼續隨波逐流？……

戊

她有一個很俗但很好記的藝名「吉祥」，這個藝名既不溫柔也不浪漫，相反的還有一點可笑的土，真奇怪她為什麼取這樣的一個名字。雖然這名字和她「歌星」的身份很不搭，但這「俗擱有力」的名字倒真的「深入人心」太好記啦！打知名度的效果是百分百達到了。

她是今晚這些出場獻唱的歌星中「最年輕的一位」，一頭直的長髮襯托著她清秀可愛的臉龐，笑容很清純，一襲白色佈滿蕾絲花邊的蓬蓬裙禮服，看起來就像童話中的白雪公主似的，比起之前不是閃閃耀眼的鑲珠珠、亮片，就是非常清涼有勁、惹火養眼的服裝，所以，「吉祥」一出場就帶給我一種視覺上的清新。

許是年齡層的關係吧，她唱的都是些輕快的歌曲，半途也不耍花招，不會突然把上衣一拉、裙子一扯一丟現出養眼火辣辣的兩截式「舞台泳裝」。臉上的妝不濃不淡很適中，笑容很清純，十足是個幼齒的美眉。也許，她只是單純的喜歡唱歌吧！只要有場子唱，有她發揮的空間，她不必在每

桌的客人之中虛與委蛇討好他們；她不必把臉上塗得像打翻水彩的調色盤，掩蓋了本來的面目；她不必為養家活口為孩子努力積存生活費、教育費；她也不必靠清涼惹火的服裝來吸引客人。

高歌數曲後，她禮貌性的來我們這桌晃了一下，當然我們也打賞了一個紅包。吉祥，很清新可人的一個，希望她在歌唱的圈子裡事事「如意」。

後記

自從地區脫下「戰地」、「禁區」的迷彩衣服後，一時之間，夜總會、酒店林立，吸引著無數的鶯鶯燕燕飄洋過海來此「淘金」。這類特種營業的進駐，忽然讓地區帶點兒「繁榮」、「歌舞昇平」的意味，也讓好奇、寂寞、多金、有閒的族群有了個消磨時間、尋歡作樂的好去處，讓他們的生活從「黑白變彩色」的過得多采多姿。一些老外老外「老是在外」

的男人們流連忘返，而老是在內（家）的女人們則恨得牙癢癢地咒聲連連，不時夫妻反目成仇，甚至於鬧離婚。對於歡場女子，不知迷戀其中的男人們又能瞭解多少？是逢場作戲？是床頭金盡翻臉？還是「色不迷人人自迷」？

地區少了「戰地的色彩」，卻多了一種「粉味的色彩」，色彩的相互交替是幸或不幸？很難說得清楚。也許，要繁榮也總有一些取捨，要進步也有一些正負面兩的評價，更或許在這五花八門的社會中，大家自是「清者自清，濁者自濁」吧！

我是個傻傻的單純又傳統的女人，對於歡場的世界只從電影中看到。這一天，老公特地給個機會帶我這土包子去XX夜總會紅包場「大開眼界」，身歷其境去體驗一下所謂「男人的樂園」有何迷人之處。

十點去到凌晨二點才回家，臨走時甲和乙熱情地對我說：「以後如果妳有來高雄時打電話給我，我帶妳去最有名的酒廊酒店街一間間逛……。」我笑了笑，心想：「妳們饒了我吧！」打從一腳踩進這個地方後，音響的聲音震耳欲聾，比歌聲還「響亮十倍」，說話聊天都要很「吃力」地豎起耳朵專心地聽，四周又「煙霧瀰漫」煙圈朵朵處處飄盪，空氣十分渾濁，他們一夥又聊得十分起勁，一桌人啤酒喝了三打，我與小女兒想早點離開又恐掃了大家的興，只有哈欠連連強撐著眼皮和她們有一陣沒一陣的聊著、熬著、耗著……。心想：不好玩嘛，一點都不好玩！沒什麼意思，這種場所下次再「請」我來，我也不來了！

疲倦的癱在沙發上，啊！好累！慶幸自己擁有喜歡的工作，有完整的家，雖然日子過得平淡到沒有任何一絲色彩，不起任何一點漣漪，但是精神上很富足。再而，平平安安就是人生最大的福氣。對於今夜有緣相逢的這些女子，我在想：當她們光鮮亮麗的外表爬上皺紋時是否還熱衷於金錢的追逐？她們是否都已規劃好她們以後的路？

就在今夜，我好奇的走入她們的世界裡速瞄一眼，留下這片段的記憶。想著同樣身為女人，卻有著不同的命運與世界，相較之下，我更珍惜我所擁有的一切，安於我瑣碎的家事之中，安於我平凡的生活。

ABC
ABC
85.5.

人·生·風·景

由自卑到自信

當年由於不喜面對數學的「難搞」、英文的「拗口」及物理的「枯燥」，而自願放棄了升學的門檻，選擇踏入職場就業。

我在金門軍人之友社轄下的金城國軍賓館服務台工作，那是一個開放空間，每天需要應對回答，每天都得面對來自社會各個不同階層的人。

在這十數人的小單位中我是「萬綠叢中一點紅」，沒有同性與我爭妍鬥豔，但也沒人與我閒聊談心。雖然自己一人是顯得孤單寂寞了些，但這也減少了同事間相互摩擦的機會。

服務台隔壁是「閱覽室」，它除了有每月定期的雜誌外更訂有《金門日報》、《中國時報》、《中央日報》、《聯合報》、《青年戰士報》和《台灣新生報》。而低微的學歷讓我

自卑，讓我往往怯於與人開口聊談，沉默寡言的我看著他人與友人們都能妙語如珠神態自若地談笑風生，總是心生羨慕。口拙詞窮又自卑的我有感於自己所學、知識的不足，意識到唯有多閱讀才能讓我多認識瞭解這個世界與社會。而報紙是最容易讓人每天迅速吸收新知的最佳媒介。所以，每天那六份報紙成了我的好朋友、我的精神食糧，它們漸漸地填補了我內心的虛無空缺。

後來，站內主官有感於書報雜誌量之不足，又申請了一批圖書來擺滿了兩個大書櫃。這批書報雜誌彷佛一支生力軍，它擴充了我的視野，讓我在空閒時恣意縱情悠遊在文字世界裡。書中一篇篇動人的文章漸漸地開啟了我心內的門窗。在文字世界裡，抒情的、寫景的、幽默的各類迥然不同意境的文字描述，作者生動的妙筆在我們細細品嚐閱讀中彷佛就真幻化成朵朵花來。在文字世界裡，給了我一個快樂翱遊的空間。

我想，讀書並沒有設限於學校，而學歷也並不代表一切吧！所謂成長，也並非是學生的專利。在這個資訊發達的高科技時代，不論你是踏出哪個校門，都不該自此與書絕緣，都不該停止隨時吸收新知及成長的腳步。

因為自卑，讓我不願做一個停在原點的人，因為自卑，讓我不斷地鞭策鼓勵自己努力進修。因為看書，它滿足了我乾渴的心，也慢慢驅散了我潛藏於心無形的巨大的自卑因子。

人，從呱呱墜地開始，有形的身體每天都在成長，成長需要餵以食物填飽口腹，而無形的內心世界則需要精神食糧來滋養滋潤幫助成長。倘若離開了書，成長的步伐將是緩慢甚或是原地踏步、停滯不前。

國中時，也曾看了幾本瓊瑤的書，書中男女主角總是愛得如醉如癡，轟轟烈烈地驚天地泣鬼神。那時心靈也曾是「萬分感動與無限憧憬」。直到踏入社會後面對現實的世界與人生，才發覺那些情啊愛啊簡直是不食人間煙火，從此抽身而出不再沉浸陶醉於這纏綿悱惻的章節之中。雖然如此，但我不會為此而否定世間情愛之存在。我想，這個深刻的感受應該是我在看書的過程裡初步的成長吧！

看書，還有一個最偉大的功用是它趕跑了「寂寞」。我從來不覺得「無聊」會來和我做好朋友。因著喜愛閱讀，漸漸地我也喜歡上書寫。如果說，書是我們忠實的朋友，那麼我要說，「筆」也是我們的忠實朋友。在我生活中，閱讀書報已然是一種習慣。而心有所感時，將情緒化為文字傾訴發洩書寫於筆尖紙上也是一種習慣。我用閱讀來增加自己源源不絕的能量，用筆來紀錄自己的私密心事，看與寫都是我釋放壓力的方法，在看和寫之間我更有著一種怡然自得的樂趣，生活中又怎可能成天嚷嚷著寂寞、無聊呢？

人，不可能每天都生活在萬事如意、百事可樂當中。我深深覺得生活中有許多的習題隨時隨地都在考驗著我們的智慧，都在等我們填入標準答案。而眾所周知的一句名言：「知識就是力量」更印證了讀書、看書的重要。有知識才有力量，而多看書就多獲得一分知識，多一分知識就多一分力量。有力量才能勇往直前，披荊斬棘過關斬將，有力量才能應對縱橫交錯的人際關係，有力量才能在職場工作領域上開創一片天，有力量才能面對瞬息萬變的無常人生。

在時間的堆疊中，來自於閒暇時點點滴滴持續不斷的閱讀裡，我自信的心隨著閱讀而不斷地往上堆砌遞補著，因為自信，讓我徹底的改變了自己。如今的我不再怯於與人聊談，那個曾經極度自卑的我已漸漸跨越出我心中的門檻消失遁形。

人是萬物之靈，人有喜怒哀樂七情六慾。在生活的關卡上我也常常遇到「紅燈」而無法通行，我也會有極重的挫敗感，也會極度失望、沮喪，面對問題時我自問：我的路該怎麼走呢？會轉幾個彎？沒有人會知道，沒有人會告訴妳。在我裹足不前徘徊於十字街口時，無意中翻看了一些佛學的書，我細細咀嚼書中的涵意，慢慢地治療了我心中的傷痛。書中所言的「世事浮雲，緣起緣滅，青春的花朵會凋謝枯萎，而如水車不停流轉的歲月更需要以自在、知足、惜福、寧靜的心去面對。」看書，讓我能多一分思考，看書，對我也有一種情緒療傷的作用，給我一股再生的力量，撥開重重陰霾，重新整理情緒再出發。

時代在進步，由農業社會而工商業社會及至今日躍入高科技時代，如果再不多多閱讀，真的會和時代脫節被社會拋棄。我們已進入一個終身學習的時代，也逐漸步入多元化的社會形態，學習是必須的，知識是必備的，而閱讀更是必要的。

西諺有云：「羅馬不是一天造成的。」一點也不錯。看書，在於平日的日積月累，所謂「涓滴成河，聚沙成塔」，天下沒有白吃的午餐，你怎麼栽就怎麼收，學問與知識不會憑空從天上掉下來，所以「凡走過必留下痕跡」。我喜歡悠遊在書中文字的魅惑中，在一字一字的堆疊之中，在一句一句的串連當中，閱讀的樂趣在過程中時時湧現，帶給人驚喜。我喜歡文字之美，也喜歡文字遊戲。

現今的社會裡人們物質生活豐富，不少人甚至過度揮霍，縱容自己於聲色場所中，肉體和靈魂都趨於腐化而墮落，試問在追逐感官的享受與刺激之餘，在曲終人散時，心靈真的滿足了嗎？我想，他們心中應是仍留有一大片的空白虛無吧！我們要追求生活品質，除了物質外，是否更該去追求內在精神生活的提昇。

我覺得，人只要努力就會有收穫。當你踏出小小的一步時，一步接一步的走就會走出一條路來。俗話說：「只要功夫深，鐵杵磨成針」。國中畢業又有什麼關係呢？由極度自卑到如今的充滿自信，我從不諱言我的學歷。人生不是只憑藉著學歷就可事事「安然度過」的。人生有許多突如其來的種種「變數」，生命也要經歷過重重「關卡」，你要如何面對？在不斷的挫折橫逆中，我在書中找到力量的泉源，不斷的作自我催眠，啊，不要做一個「易碎的瓷娃娃」。閱讀，讓我不斷的自我成長，培養樂觀開朗的個性。閱讀，讓我在不快失意中沉澱心裡的慌亂與雜質，還給我一個清明純淨的新世界。閱讀，讓我消弭自卑增加自信，如今，自信的我無畏於一切的挑戰與磨練，自信的我跳脫一切迷思與困惑！因為自信，讓我在多變起起伏伏的人生裡懂得學著自我修正、調適，對事對物以另一種寬闊的心來看待，在「活到老、學到老」的信念中時時為自己的成長加分！

我認為，看書不見得非得看一些曠世的經典名著或是當前最流行的什麼十大排行榜。因為，「好書不見得暢銷，暢銷的未必是好書」。看書在於隨性，不在於「趕流行」。只要你有空有心情翻書看書，隨時隨地都可看，只要你能在閱讀的過程中吸收到一點什麼，領悟到一些道理，修正了一些觀念，心靈得到一些啟發，那就足夠了。

人生不如意十之八九，而要時時擁有一顆平和的心是不容易的。有人說：「人生像是一個酸甜苦辣各味齊全的拼盤」。而我認為，書就像那各類美味的調味料，它會淡化、綜合了那酸味、苦味和辣味，而獨獨保留了那唯一的甜味。

曾看過這樣的字句：「聆聽音樂以養耳，欣賞字畫以養眼，勤翻書冊以養心。」實在深獲我心。各位朋友，在閒暇時，只要你願意跨入書香世界裡擷取其中美味，那麼，你就能打開心靈的門窗，讓耀眼的陽光揮灑傾洩，則人生處處鳥語花香自然美矣！

生活處處皆文章

曾有友人對我說：妳的小女兒得張「獎狀」，妳也可洋洋灑灑寫一篇。言下之意，說清楚講明白一點，就是我這人也真會哈啦牽拖。我笑了笑說：「沒辦法，我就是感情豐富，想到就寫。」也有另一好友說：就一張「椅子」嘛，妳也非得說個長篇大論。老實說，我這人一向有雅量，諸位親愛的親朋好友，你們說我長舌婦也好，說我很會掰也行，說我簡直太會東拉西扯也罷，我通通都不介意！當然，如果你們再對我投以崇拜的眼神，哈，我也樂意接受。

猶記讀書時，我最討厭寫字，小學時的作業常常「吃餅」（丙），因我很沒耐性一筆一劃的慢慢寫，總是胡亂塗塗畫畫應付了事，我更討厭老師規定的「寫日記」。因為每天就是早上起床、洗臉、刷牙、吃飯、上學、放學、寫功課、吃飯、睡覺，生活千篇一律的有啥變化？每次寫日記作業都是在記流水帳，自己都覺得枯燥無味，十分厭煩呢！沒想到日後這兩件令我深惡痛絕的事，如今都成了「我的最愛」。想想人生的變化真是峰迴路轉，柳暗花明又一村，真令人不可思議啊！

當我以十六歲半大不小的青澀年紀步入社會時，少了同班同學在一起成天嘻嘻哈哈笑鬧聊天度日，在成人的世界裡我和年長的同事們顯得格格不入無話可談，頓時覺得好孤單。這時候就只

有和日記做好朋友了，當情緒是晴天時，快樂翩然飛舞，我要收集一個個的快樂，情緒是陰天時，我要撿拾低落的心情，我需要傾訴，需要沉澱，情緒是暴風雨時，我需要發洩，記錄悲傷……。有一天我心血來潮，試著從日記中摘錄數篇，題名為「心弦上的音符」悄悄投寄時，不想它卻刊登了，這令我一時傻了眼，驚喜興奮的心情久久不散，看著它們變成鉛字的感覺真好真讚！剎那間給了我很大的信心與鼓勵，就此踏上這條咬文嚼字、舞文弄墨的不歸路。

人是有感情的，尤其我又是個極度敏感的人，渾身都充滿了浪漫的因子。對天際一朵悠遊自在的白雲會看得出神，夢幻的我在仰首窗外對著滿天繁星時會多情地與她們喃喃訴說著「星語」；對城郊外的一條「小溪」也會為它駐足靜看它的倒影；看一片片樹葉隨風飛舞飄落，也會觸動我的心；雨天時在「聽雨、看雨」的詩情裡也會讓想像自由遨翔；而在島上「春天的四月」裡金門特有的「春

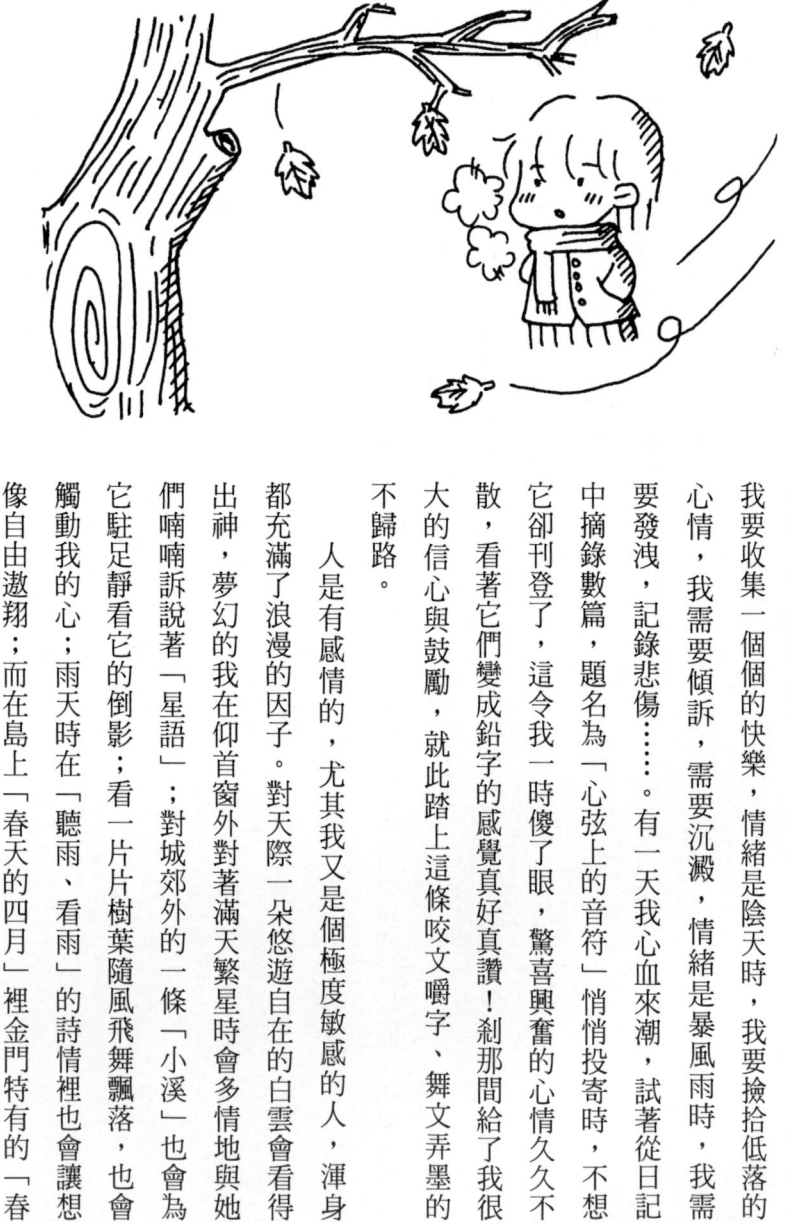

天的霧」之季節裡也會令我心思萬千；而島上的「夏日」風光明媚，鳥語花香，最適合與三五友「伴」一起踩著「腳踏車」到郊外「出遊」，同時多拍幾張歡樂的「相片」；冬天的午后裡，我喜歡在服務台外的庭園中享受著「那暖暖的陽光」，感覺人生真是美好。

我的好友阿盾就曾對我說：「妳真是一個十足夢幻型的人，像我，就比較實際。」這句話讓我印象深刻，至今不忘。多虧她那麼瞭解我，小學同學至今三十多年了，仍是知無不言，言無不盡，無話不談的好友，也由於我的超夢幻特質，感情豐富及滿腦子無邊無際天馬行空的想像，讓我更有興趣來累積生活中的點滴，把單調無味的黑白日子渲染彩繪成彩色的扉頁。

有人說：「寫作是最好的休閒，因它無時間限制。」是的！只要妳「心有所感」時，自然地就「筆有所書」。一直以來，我偏愛在寧靜地夜裡提筆輕輕地細「訴」著我的「私密心事」。而我想說：「寫作如『唱歌』，讓思緒自由放逐、心情愉快。」

也有人說：「寫作是人類靈魂的工程師。」對我這平凡的歐巴桑而言，這有點「深奧」。想來是說寫作比較可以讓人的「靈魂向上提升」吧！

也曾看過一句話是：「文藝是苦悶的象徵。」年少時個人頗有同感。但後來隨著年歲漸長，才逐漸體會到這句話只能套用在有興趣於文藝這方面的「初期」上。每個人都有年少輕狂的歲月，每個人都渴望追求甜蜜浪漫的愛戀，在正值黃金時代青春年華的時光，寫的盡多是風花雪月，快樂與悲傷相互交替，期待與失望起伏不定，心思千變萬化，情與愛、摸不著、猜不透……。只有將情緒透過文字的表達傾吐稍減心中苦悶。無可諱言地，它確是一個很好的感情出口。

而當我們跨越過青春期後，往後的每個階段我們都會逐步成長、成熟。在我走過風花雪月的時期後，漸漸地少了些夢幻，少了些浪漫而多了些實際。雖然如此，我仍然喜歡在生活中細細拾綴起所有的感覺，讓它躍然紙上變成一篇篇的文字記憶，一種最真實的生活記錄。我喜歡和寫作談「戀」愛，把寫作當「情人」，書寫的本身就是一種快樂，書寫的過程就是一顆令妳全身亢奮，精神十足的「搖頭丸」呢！

如果生命是一首歌，那妳準備如何來譜曲填詞？我們的生活也許不盡炫麗精采，但只要有心，一樣可以「彩繪一個圓」，把生活內容經營得豐富多采。

生命中除了有形的外在條件諸如外貌、財富、地位……等一切看得見的外表，更重要的是內在的豐盈多姿。所以有人說：「文學一直是人類精神的最佳表現工具。」內在性靈的提昇，觀念的轉變，都有賴自己的不斷吸收新知、深自惕勵。如果你有心，努力耕耘心田，又何愁無成呢？有人說：文藝作品是一個人心靈的最好記憶與獨白。而一直超「自戀」的我除了追求「年輕不留白」外，更積極追求著「生活生命不留白」的宗旨，努力留下生命之歌裡的篇章與音符，留住每時每刻流逝的心情。在空閒時翻看我的剪貼簿，一字一句一段段一篇篇細嚼慢咀，細細回想往日情懷，情緒仍是那麼鮮活有味，這也是激發我喜愛提筆的重要元素。

友朋問：「妳們寫一篇作文好像很簡單，有什麼訣竅沒有？」其實，羅馬不是一天造成的，天下也沒有白吃的午餐。所謂聚沙成塔，涓滴成河，滴水石穿，有努力才能有收穫，有付出才能有回報。寫作文沒什麼訣竅，第一是多看，多用心思索別人是怎麼寫的，他的含意在那裡。第二是多寫，下筆時選自己最熟悉的材料（人、事、物、景）來寫，遣詞用句通順流暢即可。第三要不怕退稿，如果稿子有去無回，沒變成鉛字出現妳眼前時，千萬別氣餒。要想著：失敗，正是給自己一個反省改造的機會，鞭策自己更加努力。更要記得，我們最大的敵人是自己，常常替自己的失敗找一堆藉口，最好的朋友也是自己，要不斷的給自己加油打氣。在寫作的路上如果能持之以恆，肯用功，則天下無難事，鐵杵磨成鏽花針，則一切水到渠成，成功指日可待。

我的好友阿盾在她父親往生時寫了一篇「父愛難忘」做為紀念，後來續寫「鄰家婦」，內容生動詼諧，妙趣橫生，看了令人拍案叫絕確是一篇傑作。可沒料到此文卻引來女主角家人極度不快，說是在嘲笑他們云云？竟出言恐嚇說要修理她，甚至說要告她。寫一篇文章也會「有事發生」？真是始料未及，害得她不敢再提筆續寫。這讓我覺得很不可思議，有那麼嚴重嗎？亦曾問她：「為何不再動筆？生活上有許多可以寫的啊！」吾友答曰：「一來沒什麼意願，二來是覺得寫那些很沒深度。」吾友所言，個人頗不贊同，副刊的文章取向固然有學者專家的有關學術方面的探討，但若全版每日都是這類評論的高學問、高深度的大塊文章，不免又流於太過於「嚴肅」。俗話說：「紅花雖美，也要綠葉陪襯。」又有「呷魚呷肉也愛菜相呷」，讀者各個階層皆有不同，就如「廣東眼鏡隨人戴」，青菜豆腐各有喜好。投稿與刊登本都是一件愉悅的事，論「深度」太沉重！吾等平凡小女子，自然就所熟悉的人、事、物來下筆書寫，一切「放輕鬆」，何必給自己莫大的壓力？

想想婚後的我，兩個孩子相繼出世，在這段育兒與工作的過程中，整整有十三年之久我未曾提筆寫下任何一個篇章投寄，那是我的空窗期，潛藏於心的情感無法紓解，內心也常感失落矛盾。常想著：我不再提筆了嗎？我對藝文的喜好已失去往昔的熱情了嗎？我的情緒思維不再敏感波動了嗎？我的筆都鈍了嗎？十多年來在工作和家庭中，我改變了多少？當我再度提筆時還能寫下些什麼？

時間，讓懷抱中的娃兒成長，時間，讓我也不復年輕。但當我試著再提筆記錄細訴著一些什麼時，我發現，時間並未剝奪了我最初的喜好，文字的組合一樣對我有著難以抗拒的魅力。俗話說：「臨陣磨槍，不亮也光。」一刀，是越磨越鋒利，筆呢？就越寫越順溜。而我與最愛的《金門日報》副刊整整脫節掛零了十三年，能否打破鴨蛋，重新出發，考驗著我的信心。

所幸十多年來，在每天忙碌的日子中並未放棄鍾情的閱讀習慣，這段長時間的沉潛與生活體驗，讓我頓悟許多的人世悲喜，生活中處處有感動、有快樂，當然也有挫折、失意與悲傷。當孩子不再成日依賴著我時，我急欲喚醒所有潛藏於心的情與愛，急欲想把沉睡的文字通通敲醒。驀然發覺，「年齡」無法磨滅我敏感多情的心，而「提筆」也不受年齡的限制約束。這多棒啊！我又可重新悠遊翱翔於文字之海中，多令人愉悅啊！

個人才疏學淺，不擅長語意深奧的詞句，不懂得堆砌華麗扣人心弦的詞藻，有的盡是平實如白話般的平舖直述，所幸老編（也許不老，只是「尊稱」。）尚能接受，才有小女子發揮的空間，有信心持之以恆的繼續努力。

如果妳也喜好爬格子，那恭喜妳，這真是一件「最美麗的嗜好」，它不必花大錢就能輕輕鬆鬆地「美容妳的心」，有些保養品動輒上萬，美得了外在卻美不了內在，而外在的美麗其實更需要內在來襯托，才能達到「內外兼具」的境界！

我喜歡在燈下，在寂靜的夜裡提筆，夜晚，讓自我無所遁形，思緒更見清明。悄悄打開心靈的窗，生活中、成長的路上有許多值得記憶的事，有許多的趣味，許多的歡樂，許多的感動，許多的頓悟及摻雜許多的失落、感傷……，提起筆，輕輕地提起筆，每一個令人感動或悲傷的小小章節都可盡入文字的魅力之海中，變成一艘小船悠遊航行，盡情娓娓道來，細細傾訴，一切樂趣盡在「不言」中。我慶幸自己在喜怒哀樂之中，在工作與家庭之中，在柴米油鹽醬醋茶之餘，尚能保有一點閒情逸緻來訴說心事，雖然說有時往往在「熬夜」，但總比疊磚塊蓋房子來得好吧？

嗨！打開妳心靈的那扇窗，如果妳有興趣，隨時都可提筆上陣，加入筆耕的行列。記下童年的歡樂、彩繪繽紛的青春、描述成長的種種心路歷程，寫下真摯不虛矯的感情、寫下酸甜苦辣、百味雜陳的人生百態……。能擁有「文藝的心」，則生活永遠不會無聊，日子天天都豐富，因為「生活處處皆文章」啊！

十年回顧

時日匆匆，撕掉日歷上九月底的最後一天，進入十月份時，驀然發現，辭掉工作已屆四年了！四年來，我努力地扮演一個全新的角色，做個純純的家庭主婦，做兩個孩子的母親，箇中的甘苦滋味，忙碌與欣慰，真是難以言喻。空暇時憶及以往上班的日子與現在的生活相較，完全是截然不同的兩種內容，益發使我懷念屬於我的那段少女時期的黃金歲月。

十年，人生有多少個十年？如果山不曾蒼老，水不曾憔悴，那麼，蒼老、憔悴的該是我了？哦！不，也許「稍為」衰退的只是我的容顏，但我絕不容許時間在我的心靈蒙上一層鬆垮的陰影。回顧十年來的種種，彷如過眼的雲煙一下子又全都聚攏了起來，當年那個怯生生，土裏土氣的十六歲小女孩又清晰鮮活地浮現眼前……。

以我低微的學歷，在僧多粥少人浮於事的社會裏，能謀得一份上下班的工作，確實不易。當親切和藹、滿面笑容的舒站長對我說出：「歡迎妳來這裡，我們的工作非常輕鬆愉快……。」時，我幾乎不敢相信「面試」就這麼簡單的問了幾個問題後當下就錄用了我。站長又言，在我之前已有兩位應徵者呢！我這「第三者」能雀屏中選，心裏的興奮無以形容。隔天起了個大早，徒步五分鐘就到了工作地點，獨自叩門向蔣幹事報到，一一見過同事後，就開始了我的上班生涯。

正如主官所說，我的工作的確「輕鬆、愉快」。看管服務台，工作是：接聽電話、登記住宿官兵、每日做住宿報表、整理打掃所負責的服務台、閱覽室，兼賣一些煙酒，做每日的銷售報表，如此而已。

瞭解了工作性質後，心上的一塊大石終於落地，每天快快樂樂、開開心心地上班去也。雖然如此，沒多少時日，我終究遇到了難題，那就是接聽電話頗感吃力。那時用的是軍中的「手搖式」電話，聽筒中間還有個接鈕。接聽的時候得把按鈕按到一邊，才能把話傳送出去。那時電話是「稀有物品」，只有「公教機關」才有。老實說，以前壓根兒「沒見過電話」，現在得天天面對它，注意它的動靜，還頗感新鮮。但是，那時的電話，功能「十分不良」。若是近距離打來的倒還可以聽得清楚，遠距離的只聽得耳內嗡嗡作響，也聽不真切對方到底在說些什麼？有時一緊張，按鈕都忘了按，講了半天，話都沒送出去，弄得對方一再重新來電。碰到根本完全聽不清楚時也不敢老請同事「代為」接聽，只有唯唯諾諾，胡亂應聲。唉！一部毫不起眼的老舊電話，竟把我弄得六神無主，惶惶恐恐的。但是，這總

是我職責的一部份，一味避著它也不是辦法。常言道：一回生，二回熟。只有加緊集中注意力，豎著耳朵努力以赴地去聽聽。漸漸地，克服了這聽力上的障礙，聽到電話鈴聲時也不再感覺那麼驚恐萬分了。這也給我一個啟示，凡事不要怕，面對現實，則一切困難將迎刃而解。

寂寞的十七歲，不知「愛情」為何物？對於「約會」這陌生的字眼，總不敢冒然答應。即使他，那個守總機斯文帥氣的男孩，時常打電話來寒暄哈啦，甚至沒值班時跑來看看我，縱然我對他亦頗有好感，但也只限於「今天天氣很好」，及一些「你問我答」式的對話。我太年輕，太單純、太懵懂無知了！和我談「感情」，實在是件費時又虛無飄渺的事，更惶論論及「婚嫁」？想都沒想過。初戀，就在我毫無感覺，無法體會中無疾而終。它猶如一片煙雨飄在我的眼前駐足一陣後，又了無聲息地緩緩散盡。也許，我傷了他的心，但是，對於一個心智都尚未成熟的小女孩子，愛情的定義是什麼？愛情的詮釋又是什麼呢？根本只是一團迷濛的煙霧罷了！

當年的「軍管時期」，島上根本沒有「飯店旅館」這回事。提供住宿的只有民間社團的「縣商會」和「華僑之家」，而屬於軍中的就是專門接待高級長官或外賓用的「第一招待所」和我們接待校級以下三軍官兵的「金城國軍賓館」和「山外國軍賓館」。由於我們的工作是服務業，因此上級主官總是在星期一早上的週會及星期五的莒光日上，一而再再而三的強調要有「服務的精神」，對於這些來大金門出差一時回不去的官兵弟兄，一定要有笑容，一定要有親切的服務態度，真正做到讓人有「賓至如歸」的溫馨感，絕不可擺著一張冰冷的面孔。對於長官的諄諄告誡，時時耳提面命，大致來說，同事們都能體認自己的職責，認真的發揮服務精神，官兵們有什麼困難，只要在能力範圍內，都能適切地給予幫助解決，真正做到「軍人之友，軍民一家」的宗旨。

我們的工作大致來說，平常時日都是輕輕鬆鬆過日子居多。比較忙碌的時段是「逢年過節」，每逢春節、端午節、中秋節時，由台來金的影、歌星勞軍團大隊人馬蜂湧而至，使得原本冷清寂靜、門可羅雀的「金城國軍賓館」一時之間整個活絡沸騰了起來。那盛況空前的「追星」人潮不但庭院、走道擠滿了人，甚至連大門口也給擠的水洩不通，嚴重地妨礙進出，這時候就得勞動「憲兵隊」派兩名憲兵坐鎮門口站崗了。

在這個極端封閉的島上，忽然有著這麼一大票的「偶像明星」蒞臨，怎不令人興奮？大家都爭睹「明星、歌星」們的迷人風采，興高采烈興致勃勃地瞪大眼睛逐一確認驚呼著：「啊，這是鳳飛飛！」「哇，那是高凌風耶！」「喔，這是崔苔菁！」一邊欣賞一邊指指點點，評頭論足一番。

他們悠閒地看著星光燦爛的大明星，我們館內則忙得人仰馬翻。服務台電話響個不停，一下子找這個，一下子找那個，有人要買煙，有人詢問各種高粱酒的價格，有的等著打電話，有的要會客……。不止服務台如此「熱門」，連廚房、餐廳也是一樣忙翻。張馬珍幹事除了早上早起採買外，一樣下廚幫忙炒菜、端茶。餐廳在二樓，一次席開六桌，從搬一疊疊的碗筷、湯匙、碟子、酒杯，酒到所有的菜都端上桌，上上下下的走那樓梯也夠折騰好一陣子的。及至所有的團員都就坐開飯，大家才稍為鬆口氣，但也早已飢腸轆轆了。

平常，大家各做各的工作，但是，在每次勞軍團來金的這幾天「非常時期」，同事們都頗能體認這項任務馬虎不得，從到機場接機到送別，每一樣工作不分你我，都能同心協力的發揮團隊精神全力以赴，直到圓滿的達成接待任務。

國軍賓館位於城區南門，四周都是民宅，出大門走一分鐘就是街道，所以住宿的官兵或民眾要購買什麼都十分方便。賓館一進門右側就是服務台，隔壁閱覽室，正對面是寬敞的綠意庭園。夏天的時候，我喜歡把面向庭園的那扇玻璃窗板卸下來，微一轉頭，庭園內的花草綠意就盡湧入小屋來。沒事的時候，我也常到庭園走走看看，曬曬陽光，聽聽鳥語，舒活一下筋骨，才不致於坐得骨頭都發軟呢！庭園前後各有一棟樓房，前樓有二層，分別為樓下辦公室及員工宿舍，樓上為餐廳及住宿房間。後樓有三層，這棟樓房算是中西合璧式，建築得精緻典雅，不論陽台、客廳、臥房，都給人一種舒適優雅的感覺。我十分喜歡這兒的工作環境，離家近，走五分鐘就到了，省卻搭車、趕車上下班之苦。同事也都好相處，賓館隔壁的鄰居如楊太太、李太太、許太太沒事也常來串門子、話家長。俗話說：「遠親不如近鄰」。同事們的家都在山外、沙美一帶，回家往返不便，全都住宿舍，若有需要針啊、線啊縫補衣物、釘鈕扣或什麼的……，都找她們幫忙，她們對這些「出外人」也十分照顧，大家相處得非常融洽。這些友誼亦為同事們舒解不少生活的寂寥及思家之苦。

工作，除了使生活過得充實有意義外，更令人擴展視野，增長見識。剛去的幾年，除了看守服務台外，尚有其它外務，比如說：隨站長、幹事到軍中各醫院慰問傷患，幫忙發慰問金，到部隊據點致送加菜金，其中令人印象最深刻的是到過最英勇的「兩棲蛙人隊」。再而是去過慕名已久的大担島及二担島，猛虎嶼、獅嶼、復興嶼，並拍了數十張相片留念。這趟離島之行，我一輩子都難以忘懷，對於駐守前線，勞苦功高的國軍三軍將士，心中更增加無比崇敬之意。

俗話說：「一粒老鼠屎，壞掉一鍋粥」。一點也不錯，在一個團體中，如果出了一個喜歡搬弄是非的人，相信大家在心理上都感覺不順暢。大致來說，同事們都不錯，都能盡忠職守，和氣待人。唯獨就有那麼一位巧言令色之徒，眼睛看上不看下，擅長對主管拍馬逢迎，極盡阿諛奉承諂媚之能事，對同事排擠，造謠生事，盡打小報告。其份內的事不做，盡推給別人去做，走起路來大搖大擺，虎虎生風，說起話來呱啦哇啦的好似很行，其實大字沒識幾個，肚內全沒一點墨水。人前一付臉，背後又是另一副臉。碰到趣味相投的主官，他更是狐假虎威，志得意滿，比往常更跩上十分。萬一不幸碰到正直的上司，這一套「拍馬功夫」可就失靈行不通啦！如此兩年之中如坐針氈，頗不得志，氣燄稍稍消減了一點。對於這號人物，同事們只有各自小心防範，以免著了他的道兒，可得生上好幾天悶氣。唉！其實做人不必太囂張、太過份，一個人只要能腳踏實地，安份守己，誠懇待人，必會獲得同事的尊敬，長官的信任及提拔。

無可諱言的，戰地沒什麼娛樂，除了電影院外，其他的個人休閒端看自己的嗜好如何去排遣。國軍賓館除了提供離島官兵出差辦公、購物、休假往返沒有船期回駐地時住宿外，尚可搭伙。娛樂方面，則只是些象棋、跳棋、圍棋、西洋棋及一些軍中刊物和六份報紙。後來又增添一座四聲道唱機，每個房間都裝置音箱，可按時播放音樂。沒多久，上級也許有感於這些消遣太過於貧乏，又撥來百餘冊的圖書及兩個大書櫃，除了供住宿官兵借閱外，亦為閱覽室增添一些書香味。當然，這些圖書管理的工作近水樓台，就落在我身上。

誠然，我們的工作不能說繁重，只是瑣碎了點而已。所以，空閒時間多的是，如何把單調的生活變得趣味、豐富起來，則看個人的安排了。因此，空閒之餘，

偶爾我會織織毛衣，只要不影響工作，上級也不管妳。看看書報雜誌，它們陶冶了我的性情，也充實了我的心靈。有時在庭院內和同事打打羽毛球，跑一跑、跳一跳，活動一下。有時對著成堆的報紙像尋寶似的邊看邊剪，也自覺樂趣無窮。再不然，給在台的弟妹、同學好友寫寫信，傳遞著親情的溫暖及友誼的溫馨。還有，下下棋，動動腦，切磋一下棋藝也不錯。最常的是聊天，出外的遊子，他鄉的過客，各有不同的出身、背景、學歷及際遇經歷，在侃侃而談的聊天中，不也可瞭解到他們生活的另一面，分享他們的悲喜，實在也是件愉悅的事呢！

歲月是逝去的東流水，春走夏至，秋去冬來，時光一季又一季的溜走了，十年的歲月，從懵懂無知到成長，不斷地自我摸索、前進，不斷地充實自己，激勵、磨鍊自己。十年的歲月，完全改變了我的個性，由內向、木訥到樂觀、開朗，由不敢抬頭與人談話到如今的談笑自若，由當初不敢接聽電話到遠從大担島或台北、高雄打來的細如蚊聲的長途電話都能聽得一清二楚。這種種的改變，當然，「時間」扮演了一個極其重要的「推手」角色。

十年的歲月，少女的青春、少女的情、少女的夢，縱然綺麗多采，我卻固執於只願保有友誼，不願涉及婚姻。少女的心，縱然亦偶有失意、挫折，那又算什麼呢？連一條「小溪」都不會因為石子的阻撓而停滯不前，反而高高興興地濺起飛揚的水花，敲出清脆的曲調繼續前進。我的青春，不應該是這麼容易失色的。

在這漫漫的十年當中，前後調換了七任站長、五位幹事，男同事離開的，新進來的少說也有十多位。十年當中，我一直是「唯一的女生」，後五年還兼打字工作。十年當中，每三年我才請一次假到台一遊。寶島台灣固然繁華熱鬧，但是，我還是喜歡家鄉這塊從小生長的地方。我對家一直有份深深的眷戀，濃濃的感情，捨不得遠離慈祥的父母，可愛的兄弟姐妹，還有親戚、同學、朋友，都在這個島上，濃得化不開的親情怎麼割捨得下？我喜歡家鄉這片永遠蔚藍純淨的天空，我喜歡家鄉到處有著蒼鬱的樹木及悠閒自在的生活，沒有交通紊亂，人車擁擠的場面，沒有空氣污染、刺耳的噪音及緊張忙碌的生活步調。我認為，居家住金門，渡假到台灣，倒是十分理想的。

十年的歲月，山不曾蒼老，水亦不曾憔悴。但是，我已不再是當年那個土土的、怯生生的黃毛丫頭。如今，我的生活過得單純平淡，在丈夫、孩子與家事中，感覺生活

過得幸福、快樂。是的，平凡就是福，我已深深體會到。回憶有時也是件很美的事，偶而打開這記憶的寶盒，回憶這十年歲月中青春年少的點點滴滴，猶如一顆顆的珍珠，永遠光燦奪目。

關卡

有人說：人生是由許許多多大大小小各個不同面貌的關卡組合而成。小的關卡，也許你可以不費吹灰之力輕鬆過關，而大的關卡呢？也許當場就被擊倒而過不了關。當你選擇逃避或面對時，一念之差更牽動著未來生活的走向。

如今，我已將屆近半百之年，看多了生、老、病、死在生活的軌跡上不斷上演循環。深深體驗到生活中往往有許多出乎意料不照劇本演出的「意外」。我們都有看電影的經驗，而忽然有一天，電影中熟悉的情節，老套的故事忽然活生生地在你生活場景中出現，面對這真實的情境你要如何接招？心理要如何調適呢？

當最知心摯愛的另一半突然得了不治之症而驟然離世，留下另一半的枕邊人，如何走出內心沉重的陣陣哀傷與煎熬？當妳發現最信任的「配偶」，竟然與自己的死忠兼換帖的閨中好友感情偷渡走私，暗通款曲時，所有的人都知道了，只有妳是「最後一個知道的」，妳要選擇原諒還是斷然離開？當一向貼心的孩子突然做出違法亂紀的事時，那個震撼就好比忽然被人在頭上狠敲一記，在心上被猛刺一刀，妳又將如何收拾殘局？

夫妻間的情愛，父母子女間的親情，就像一條條的線，縱橫交錯地織成一張密不可分的網。愛恨情愁、是非恩怨、悲歡離合都在網裡互相糾結、纏繞、交錯著。生而為人，我們有許多的無奈，因為「命運的手」往往喜歡找人來「開開玩笑」，喜歡隨興的丟出一個「變化球」，喜歡出高難度的「考題」，冷眼旁觀看看你能不能順利「過關」，獲得最後的勝利。

當股市、經濟一直往下滑落，當離婚率、失業率卻一直往上攀登時，當工作或課業壓力一直節節進逼升高時，當戀愛失敗時……，有的人選擇跳樓，眼睛一閉往下一跳，生命剎時終止結束，一了百了，所有的事都解脫了。這些自我了斷的人在面對一時難以「超越」的關卡，選擇了消極的逃避而不是冷靜積極的面對。

誠然現實是無情的，甚至是殘酷的。這時候，我們必須拿出平日累積的能量（諸如勇氣、堅毅、恆心）來面對它、克服它。一定要相信自己，相信「黑夜過了就是黎明」，要有「化危機為轉機」的意志與信念。

每當我情緒低落，心煩意亂十分沮喪時，書，是我止痛療傷的良藥，翻翻書咀嚼一些字句，它讓我重新思考，把我紛擾的心中精靈一一安撫擺平。

「當你背對太陽的時候，你只會看到自己的陰影，當你面對陽光時，你看到你自己。」紀伯倫如是說。因此，我絕不讓自己是一個躲在陰暗處哭泣的女人。奧修大師說「除了生活以外，沒有其它的神，生活是最大修行，宗教不能離開生活……。」個人偶見此言，頗表贊同。我們常聽人說「修行、修行」，而修行並非是出家每天誦經禮佛就算達成。如果所謂的修行只修得「外在的空相」而修不了「內心真正的沉澱與平靜」，那也是徒然站在修行的淺灘罷了！宗教不能離開生活，修行也離不開生活。我們每天早晨一張開眼睛，面對的就是「生活」。除了基本的食、衣、住、行外，那個時候會忽然發生什麼事？你不知道，也不可能知道。

當一個「重量級」的關卡突然掉落橫梗在你眼前時，你生活的腳步整個錯亂掉了，你一向平順的情緒被翻攪沸騰了，你的人生霎時由彩色的變成黑白。當雙飛鳥折翼，形單影孤的她要如何調適？當母子緣盡天倫夢碎，白髮人送黑髮人又情何以堪？當信誓旦旦的另一半半路出岔另牽她人之手時，婚姻的破滅是否也是另一個成長的開始？子女的叛逆令人愛恨交織不清，為什麼付出的得不到回報？為什麼新郎結婚了，新娘不是我？這世界公平嗎？你說對了！這世界不公平，這世界是有缺憾的，因為，古有名言：「人生不如意十之八九。」世上根本沒有十全十美的人和事。既然如此，那麼只能要求自己對人對事盡心盡力後，一切看淡隨緣。

當你面對挫折、哀傷時，一定要試著轉換另一種心情，換另一個面向陽光的角度去思索看待，那麼，必然會有另一種新體認。那麼，當時眼中的大關卡也必然逐漸縮小而至消失無形。

從童年、少年而到中年，每個人都有各自的生活背景、求學歷程、工作經驗、戀愛情事、婚姻狀況，每個人都在生活裡修行著，在生活大大小小的層層關卡中也各自練就了一身「跨越」的本領。我是個愚鈍平庸的人，沒有敏捷的頭腦，我心智的成長一直是漸進遲緩的，一路走來始終不斷反覆地省視觀照自己的心，是與非、對與錯、良與窳、取與捨。我們常要面對生活中許多的抉擇，就如學生選填志願科系，婚姻選擇另一半，工作是否入對行……。而既然做了選擇，那麼就要忠於所擇，對自己負責，不可在半路上做個懦夫、逃兵。省視自己，才驀然發覺最好的朋友就是你自己，而最大的敵人也是你自己，那麼，如何「戰勝自己」就變成是我生活上重要的課題，重要的「內在修行」，更是重要的通過層層關卡時所擁有的力量。

有天忽然發現小女兒有一本《證嚴法師靜思語錄》，我從頭到尾看了一遍後非常感動，平凡的詞句，句句觸動我的心，沒有多深奧的大道理，沒有華麗的文句，每一句都很簡單白話，但是平凡的詞句裡卻蘊含極大的意義，令人感悟感動。

我如獲至寶，期望自己在生活中隨時修正自己，對父母、對另一半、對子女、對朋友，都能以一種「退一步海闊天空寬大的角度來看待。就如「靜思語錄」中：「改變自己是自救，影響別人是救人。」人非聖賢，孰能無過？在生活中我們或多或少也會犯錯，只是事有大小輕重之分而已。當我們做錯事時能及時回頭，重新出發，記取教訓，惕勵自己，那麼，人生仍是光明的。在靜思語錄中：「人生最大的成就就是從失敗中站起來」。我也有諸多失敗不如意的事，而面對現實、面對陽光站起來，這就是我的選擇。

有人認為，人生苦短要「及時行樂」。在燈紅酒綠、紙醉金迷、吃喝玩樂中盡情享受人生。在飽食終日於嬉戲玩樂之餘，可曾想過自己是否盡了為人父母、為人子女者應盡的責任？這樣的過日子，生命只是一個空殼子，一個酒囊飯袋。

無意中看到一本小小薄薄的書《心靈的桃花源》，作者是位腫瘤專科醫生，常常要伴隨大多數病人離開這個世界。有時候他會問他們：「你對於你的一生感觸如何？」他說：大部份病人都會告訴我，如果能再活一次，他（她）們希望能做個好父親、好母親、好兒女、好妻子、好丈夫。沒有一個人告訴我想多賺一百萬、想再多蓋一幢房子或多娶一個老婆。為什麼我們一生都追逐的這些名利、財富、地位，在臨終時卻不是每一個人所想要熱切擁有的？他們真正重視的卻是那樣的平凡、平實，只是做個好父親、好母親、好兒女、好丈夫、好妻子。」

這段文字，看了令人十分動容。原來人在拋棄一切虛有的名利、財富、地位之後，真正想得到的是自己內心的真正平靜。對得起父母，對得起子女，不需懷抱著絲毫「愧疚之心」離開人世。

另外作者舉的一例是有一位老太太得了乳癌，診斷出癌細胞已經轉移全身。有天他去查房時，看到她在窗邊望著窗外，他靠近她時，她沒有察覺到，而她正流著眼淚。他拍拍她的肩膀問她：

「妳在想什麼？」她說：「看到窗外年輕人走過去，好羨慕，羨慕他們這樣年輕，這樣快樂。」他安慰她：「其實妳也不知道他們是否真的快樂，妳年輕時都做些什麼？」她想了想後告訴他：「我打了一輩子的麻將。」當時他覺得好難過。這位老太太人很好，只是她不瞭解人生的方向。這段敘述令我感受很深，想來老太太是生長在富貴人家，出嫁後也衣食無缺，天生好命才會從年輕到年老，每天打麻將渡日。人生的意義她不明白，人生的處處關卡她也都沒經歷過，一生平順無波，走到路的盡頭時竟然只有「麻將」可供記憶，不知是該慶幸？還是該惋惜？

人生不能重來，不能像「小叮噹」多啦A夢裡的時光機一樣，可以「回到從前」。日子是往前行的，生活就是那日曆，一天翻過一頁，每一頁都有不同的內容。在生命行進的旅程中，佈滿許許多多的關卡，如何以最漂亮的姿勢躍過就看個人的功力。我常以「證嚴法師靜思語錄」中的「人生不一定球球好球，但是有歷練的強打者，隨時都可以揮棒」、「修行要繫緣修心，藉事練心，隨處養心」、「信心、毅力、勇氣三者兼備，則天下沒有做不成

的事」，作為生活上修行的座右銘，那麼，面對人生的難題，跳躍過所有層層關卡，撥雲見日，又有何難呢？

黑鍋

那已是一段好幾十年前的往事了。雖然如此，卻深烙在我心底永遠難以忘懷。

話就由小學時代說起吧！我、慧玲、麗瑛，沒事都喜歡畫娃娃，自然而然的成了焦不離孟，孟不離焦的好朋友，下課時在一起聊天，有空時互相秀出各自畫的娃娃來做個觀摩比較。我們三個人的畫法各不相同，都有各自的味道，同學們也很難評出到底這班上的「三畫客」誰畫得最好最漂亮？

三個人之中，我和慧玲的交情又比和麗瑛略勝一籌。為什麼呢？因我和慧玲都同屬個子比較「嬌小」型，座位在隔壁，排隊升、降旗、集合放學也在一起，地利之便讓我們有很頻繁的互動。至於那長得比較「高」一點的麗瑛呢？因空間的距離而不似我與慧玲之間的「親蜜」。但又因她與慧玲同住在「東門」區，慧玲與她

也有著不錯的情誼。

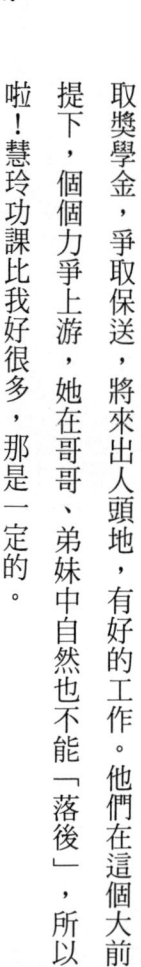

慧玲家境小康，上有兩個哥哥，下有一弟二妹，家中六個小孩都很爭氣，都是讀書的高手，功課成績都不錯。慧玲有時也向我透露著，她讀書有「壓力」，因她父親沒有很好的工作和豐裕的收入，而唯有「讀書」才能有好前途，過富足一點的生活。所以寄望孩子們能努力用功讀書，爭取獎學金，爭取保送，將來出人頭地，有好的工作。他們在這個大前提下，個個力爭上游，她在哥哥、弟妹中自然也不能「落後」，所以啦！慧玲功課比我好很多，那是一定的。

在班上沉默寡言的慧玲，在同學眼中顯得有點孤僻、自傲，但和我在一起時慧玲卻能敞開心懷與我侃侃而談。慧玲其實不是拒人於千里之外的那種人，她只是羞怯、被動，只是隱藏著的自卑令她不善與人熱絡交談，不輕易流露出她的感情、感覺罷了！

慧玲家有很多的故事書，那是吸引我放假日常常往她家跑的原因。我住南門區，得繞過好幾條小巷後走到街道再轉小巷到她家，那時也沒電話，慧玲也從來沒讓我撲空過，總是在家等我的大駕光臨。一到她家，我們兩個就往「閣樓」上跑，那時的家庭孩子多，房間裡都設有閣樓讓大一點的孩子合住。故事書都擺放在那兒，我們或坐或臥或邊看邊聊天，自由極了，我常在她家消磨了好久才回家呢！

國中時我們都各自被編入不同的班級，我有了新朋友。國中三年來偶爾在偌大的校園內遇到慧玲、麗瑛也只是匆匆閒聊數句罷了。不同的班級，空間的距離讓彼此間的情誼變得有點疏離。

慧玲和麗瑛讀高中時我已在外就業，幾乎斷絕了所有昔日小學、國中同窗的消息。後來聽聞慧玲和麗瑛半途都轉到台灣去讀高中，畢業後都考上實踐家專。當然，我很為她們高興，她們是讀書的料，在那年頭女生讀到專科畢業算很不錯的，大學畢業更是了不起。算算時間，我有好多年都沒見過慧玲和麗瑛了，因為，小學畢業後我們這一班始終沒辦過什麼「同學會」，國中也沒有，大家一出校門就各自高飛、各奔前程，學生時代純真的友情，不沾染世故的心靈，學生生活歡樂的時光就只能深藏在記憶的寶盒裡。

不停奔馳的歲月讓我們成長，日子是往前行的，腳步是不停歇的。十數年來，我一直安於我狹小的工作環境及家庭，與同學的互通消息是等於零，但是曾經擁有的友情是不會隨時空的距離而抹殺消失的。十數年了，我一直沒再見過早已舉家遷台的慧玲，心中有時也會想起她這位小學時期的好友，如今過得好嗎？她沉默寡言的個性改了嗎？謀什麼職？結婚了嗎？這些都是我心中的問號而無法解答。

婚後一年我辭了那待了十年的工作，由一個青澀的小女孩到少女及至為人妻、為人母，我累了，想休息，只想在家陪我的孩子。當第二個孩子滿三足歲時，有一天老爸忽然捧了一盒喜餅回家，說是慧玲的母親帶她回金訂婚送的。突然知道這個喜訊，我很訝異也很替她高興，好幾十年沒見了，我迫不急待地想當面向她道賀，也好想聊聊一些生活近況。

隔天下午，我牽著不肯午睡的女兒走過那些彎彎曲曲的小巷，那熟悉的感覺讓我彷彿重回小學生時代，來到一切景物依舊的慧玲舊宅，終於看到了好幾十年沒見了的慧玲。我很訝異在台那麼多年的慧玲，她的樣子一點兒都沒變，看不出歲月在她身上留下的痕跡，她仍是穿著那樣的樸素，甚至還帶點兒土味，流行與時髦完全和她沾不上邊。慧玲隨手抓了一把喜糖塞給孩子，我們開始聊談著這麼多年來各自的工作、生活。說著聊著談到了她的婚事，她簡略地說著未婚夫家人口簡單，只有一個已出嫁的姐姐和他而已，在村子裡開間雜貨店，自己也有一棟房子，年紀沒相差幾歲……，是人家介紹相親後就訂婚了。慧玲說話的語氣很平常，一點也沒有那十分欣喜的神情。我想，到了適婚年齡要的就是一種安定的生活，不是再要追求年少的激情狂愛，只要彼此雙方中意，不愁衣食住的生活無虞，兩個人踏實的過日子，彼此生活上有個照應，精神上有個寄託總比一個人孤單過日子來得好吧。

我對她說：「我辭了工作了，現只是在家帶小孩，妳嫁在金門，以後我就可以三不五時去找妳開講了。」我興奮地說著，慧玲卻不置可否地沉默了幾分鐘後忽然滔滔不絕的說著：「其實我是被逼的，我不願意，我真的不願意，但我的父母卻非要我訂婚不可，一切都是他們在張羅，我不願意又無力反抗……。」慧玲說得好無奈又無助。啊！怎麼會這樣？看她的神情不像說假話，她溫順柔弱的個性我是瞭解的，現在父母做主，婚已經訂了，父母也是為她好，幫她找一個歸宿，他們也沒錯啊！再而，女人的青春是不經拖的，三十大關了，父母能不急嗎？我多方安慰她，希望她能快樂的面對婚姻。生活其實是極其平凡的，只要對方可靠，能對她好，日子就是幸福的，一定要做個快樂的新娘喲，我們這班同學、好友還等著喝喜酒呢！

離開慧玲家後，當初欣喜的情緒竟轉換成了一種無言。一路上慧玲總是一臉鬱鬱寡歡的臉龐一直在我腦海。我在心中不斷替她解套，想著也許她結了婚後有個人作伴，生活會令她改變吧！慧玲是個善良的女孩子，老天應該會好好眷顧她，給她一個安全可停靠的避風港才是。

過了兩天，我帶著孩子到街上老爸的店逛逛，老爸的店是個俗稱三角窗的地方，附近商家的老板娘沒事都喜歡聚在巷口的這個涼快地方閒聊。她們對從小到大常跑街上的我自然很熟，在閒聊中有一個老板娘是慧玲家的親戚，說到這門親事，私下透露著：「聽說慧玲在台有點精神異常，她母親才趕緊把她帶回金出嫁的……。」精神異常？乍聽之下我很吃驚，不會吧？我前兩天才去找過她，也沒怎麼樣啊！還聊了一陣子，說話也好好的很有條理。我絕不相信慧玲有精神異常的事，慧玲是那麼乖巧的女孩子，怎會精神異常？但說著言之鑿鑿，繪聲繪影，忽然回金訂婚不就是最好的明證嗎？又問：「妳還敢去看她啊？她母親不太好惹的……。」我心裡忽然感到一陣悵惘，慧玲在台求學、工作、生活究竟是出了什麼狀況？有感情上的挫折嗎？是心事沒有傾訴的對象令她一直壓抑著鬱悶的情緒？年老的父母無法與她溝通？在台生活緊張壓力大？兄長弟妹各自為前途打拚，家人手足之間是否相互關懷？？我不知道，這只是我的猜想推測。雖然如此，我仍寧可相信慧玲是一個頭腦清楚的人。

幾天後，老爸忽然又傳來了一個街道消息說：「聽說慧玲一直吵著要退婚，她母親還很生氣的說是妳到她家慫恿她女兒，她才會這樣的，逢人就到處說妳在破壞這門親事……。」一事出突然，我聽了真是火冒三丈，我是基於友情去看看她聊些家常，那有可能去說些挑撥她的話？我和男方不認識又沒仇，幹嘛要去搞破壞？俗話說：勸合不勸離，何況破壞人家姻緣是會被咒罵的。自始至終我絕對沒說過任何一句不當的話，慧玲雖一再地說不願意，但終究也安於父母的安排，就等著做新娘子，也沒任何激烈的言詞。現在發生這種狀況，她母親不問青紅皂白就把罪名套在我頭上，這真是天大的冤枉，我真是氣炸了，探望一個多年不見的好友也會有事？我真是百口莫辯！

而慧玲是在何時和她母親嚷嚷著要退婚？難道真的是因著我的造訪而引發了她的醒悟？她要有一個自主的心甘情願的婚姻？但以我對她的瞭解，她一向柔順的個性不太可能引爆這一場「婚變」的。姑且不論事實的內幕真相是如何？現在擺在眼前的是我莫名其妙「揹」了黑鍋。我

很懊惱無端揹了一個「黑鍋」的罪名。

好幾天了，情緒極差的我一直都躲在家裡足不出戶地自個兒生悶氣。婚約是真的解除了嗎？我不知道。只是有天老爸又告訴我，店裡忽然有位警員來訪，說是有位老太太到警察所告狀，說我破壞她女兒的婚事，他來查訪一下，警察先生也言，又無真憑實據也不能聽老太太一面之詞，也不能置之不理，所以來跑一趟。老爸笑著說：「根本是沒有的事，請老太太不要再到處亂講，否則我們也可告她誹謗誣陷。」唉！我真招誰惹誰了？訂婚是他們兩家的事，退婚也是他們兩家的事，我倒禍從天降的成了被告者？哎！一口氣真難平。

想想慧玲的母親，八十多歲的老人家了，算了算了！她愛怎麼說就怎麼說吧！我心裡坦蕩蕩問心無愧沒有對不起她、對不起自己就好。

過了一陣子，由老板娘口中得知慧玲母女已返台了。我不知是該為她高興還是為她惋惜？高興她在萬般無奈中被套牢後忽又掙脫出來，還是該惋惜她錯過一個平實安定的歸宿。此次回金與離金，她心情如何呢？往後的路如何走呢？

這件「退婚事件」讓我氣悶了很久。兩年後我在路上巧遇慧玲姨媽，我問：慧玲近來好嗎？親切隨和的姨媽和她姐姐有著完全不同的個性，我們寒暄了許久，提起了當年慧玲婚事的告吹連我也無辜被波及，時至今日我仍是一頭霧水。姨媽笑著說：「慧玲半工半讀時有心儀的朋友，但對方並無意，後來身體不好住院了好幾個月後總算沒事出院，我姐姐又擔心她老了沒人照顧她，想著我們金門人比較可靠，就特地把她帶回來相親、訂婚，結果男方可能有聽到一些什麼吧又反悔了……，唉，事情就是這麼一回事，真歹勢，我姐她錯怪妳了。」啊，聽了她這一番話，長久悶在我心裡的黑鍋陰影霎時煙消雲散，感謝姨媽為我解了心中的結。

我又問了一下慧玲的近況，她說：「現在一切都回歸正常，慧玲也在上班了。」看姨媽說得愉快安心，我也替慧玲高興，希望她能碰到一個能真正賞識她的人，能發現她深藏於心的諸多優點，衷心祝她能早日覓得良緣！

至於當時那個天上無端掉下來的「黑鍋」，想想，那完全是老人家的一個下台階罷了！我也全然釋懷了。

老師的話

朋友告訴我一個她弟弟求學時的小故事，令我印象深刻……。

她弟弟國中時讀的是所謂的「放牛班」，即將畢業時要填寫學校，全班皆填「高職」，唯獨她弟弟竟然填寫「高中」。老師看了後「大吃一驚」，繼而動之以情「好言勸說」曰：以他的程度根本不可能考上高中，趁早換填高職，以免貽笑他人滿地找牙……。但她弟弟「堅持不改」，氣得老師簡直火冒三丈七竅生煙，說他不照照鏡子看看，簡直太自不量力，末了更說：「如果你能考得上高中，我把頭剁下來給你當板凳坐。」云云。

聯考放榜後，一切果然如老師預料中所言的「名落

孫山」。當時島上地區並無任何一家補習班，她們家境也不富裕，不可能上台北讀補習班，但她弟弟並不氣餒，自己在家閉門苦讀一年，打算來年「東山再起，捲土重來」。隔年聯考放榜後，他果然考上高中，一年的努力有了成果，想到當年老師當時輕蔑的眼神，不屑的語氣，他就是要「證明」給老師看，他眼中的劣質學生也有出人頭地的一天。

高中畢業後，他順利地考上某大學化工系，畢業後也很快地找到與本行相符的工作，一切得心應手，工作努力認真。後來老板亦前進大陸設廠，對他委以重任派他進駐大陸廠，薪資也頗佳，在如今失業率不斷節節攀升時，他仍悠遊自在自得其樂地「學以致用」的擁有他專屬領域的一片天空。

看著自己的弟弟能奮發向上，不斷努力，朋友也十分欣慰。無意中聊起這段往事，令我頗感驚訝！朋友的弟弟不善言辭，偶而見面也只是點頭微笑，想不到在他沉默的外表下卻有一顆堅毅、自信的心，不肯輕易低頭認輸。我想，雖然老師當時用的不是「關懷、鼓勵」的愛的方法，而是很現實、不留情的坦言相告，但也許就是受不了老師如此地輕視與斷言，無形中激發了他在與老師的「打賭」中「非贏不可」的堅絕意志。

事實證明，他贏了！放牛班的學生只要立志肯努力，一樣可以考上高中，一樣讀到大學畢業（在二十年前，大學畢業算是很

不容易）。如今，在她弟弟的心裡，也感謝著老師的這種無意中的「另類激將法」，造就了如今的他。老師，以另一個角度來看，又何嘗不也是他生命中的「貴人」呢！

發呆

對她這個年紀的人來說，生活彷彿是一個已經牢牢固定了的公式，煮飯、睡覺、做家事、看電視……。生活的重心是繞著丈夫、孩子打轉，腦子裡的所思、所想、所做、所為，無一不全都是為了屬於她的這個『家』，尤其是孩子，更是她『生命的全部』，總是習慣性地無盡無悔的付出，不停地轉動著……。

義務與責任，有時總是壓得人喘不過氣來。難怪現今社會上有許多的「不婚族」。這年頭，人權高漲，自我意識處處抬頭，誰又要孩子來累死、苦死、氣死自己？而昔日女性的善良「美德」、傳統與宿命，更是逐漸消失。

想起自己的婚禮，那已是一個很遙遠很遙遠的畫面，遙遠得幾乎影像模糊了。當年那個一臉甜蜜、幸福的新娘，滿腦子的憧憬，編織著快樂、溫馨、幸福家庭的美夢，而現實生活中的一切

種種際遇、經歷與腦海中的所有想像之距離竟是有著萬里之隔。婚禮後的家庭生活更讓她的人生幾乎整個錯亂掉，幾乎把自己淹沒在那個只屬於她的城堡中。

時光的消逝令人感傷，但也令人成長。她生平無大志，不過就只是想每天順順利利、平安無事的過日子罷了！但老天爺似乎「偷窺」了她的心事？還是故意和她開玩笑？在時間的洪流裡，在生活軌跡上偏偏不斷地對她施予嚴酷的試煉與考驗，在她的記憶裡、心靈中烙印了許許多多的悲傷、挫折，重重疊疊相互交錯。如今她已是個半百的真正「老婆」，看盡人間百態，人情冷暖，一切的事都如過往雲煙，亦深知生活中少了「比較、計較」才會過得快樂！

有時她也常想：等孩子都長大了，都能各自獨立不用再依賴她時，她就不用這麼辛苦了！她要活出自我，她要找回另一個自己，她要把剩下的時間好好來善待自己！

她的大女兒如今是她的知心好友，是另一個感情出口，所有的不快、不滿、喜悅、怨懟、心事都透過熱線與她滔滔細訴。女兒也常常給予她觀念上的開導，精神上的支持、安慰。她們之間的感情已超越母女關係，簡直是比「麻吉」還勝十分。她的同學、朋友每每看她說得眉開眼笑、興高采烈的都會問：「妳在和誰通話？」女兒總要停下一秒鐘說：「我媽啦！」她們驚訝的表情，女兒早已司空見慣。

某天深夜，在與女兒的一番聊談後，女兒下的結論居然是：「媽咪！這樣妳的人生才精彩！如果一輩子無風無浪，平淡度日又有什麼意思？」她報以苦笑，卻又不得不認同她的觀點來自我安慰一番。但如果可能，她寧願選擇平淡而不要如此的精彩，因為，那太累。

回顧她的婚姻之路、家庭生活，的確夠精彩。沒錯！她常受到重挫，常陷入困境。而一切的難題也正是考驗她「到底有多少能耐」的開始。以她不服輸、不輕易承認失敗的個性，有道是：兵來將擋，水來土淹。把吃苦當做吃補，始終堅信「世上沒有什麼過不了的難關」。敞開心胸，黑夜過了就是黎明，風雨過後天更青。無論在任何情況下，她都不容許自己輕易被擊倒，不容許自己輕易顯露頹廢的一面。好勝的她，即使稍做休息，也要很快地恢復信心與戰鬥力百分百的狀態。

有天傍晚，在「城中」任教的好友秀華偕夫婿散步來訪，一陣晤談後再仔細瞧了瞧她後說：「還好！妳雖身處逆境，但臉上倒還看不出任何一絲憔悴的跡象！」聞言她忽地開懷地笑了起來，感謝周遭姐妹、好友們的溫暖言語，支持與鼓勵。

今年九月，她終於離開了工作多年的職場，回歸家庭做全職的家庭「煮」婦。心裡十分平靜，沒有任何的眷戀不捨，反倒十分欣喜雀躍，彷彿卸下了身上的一副千斤重擔。離開職場後，時間和精神都重獲自由了，正可專心陪孩子，再也無任何後顧之憂。

月底，幾經思量，她做了一個重大決擇。之前孩子曾一再要求：「想換個環境，想改變自己。」可她礙於工作的牽絆，又不放心讓她單飛，更不想離開她十分眷戀的家，那是她的城堡，她的世界……。但孩子是自己一輩子的包袱，有時可輕快地拎著、有時可安心地放下、有時可是沉重的揹負。她已無事一身輕了，她要扭轉困境，帶孩子走出自我封閉的象牙塔。

十月四日，晴空一片，陽光好燦爛，無形中讓她心情大好，帶著簡單的行李，她與孩子雙雙飛出了那個她熟悉的家，飛往彼岸的另一個陌生地方，開始異鄉的獨立生活。當晚，該買的、該用的，在大妹美惠夫婦的協助下很快的買齊全了，這兒的短暫的家也有了個樣子，感覺一切都還不錯。

孩子的適應力倒是令人十分驚奇，她揹著書包踩著腳踏車，和她說了「拜拜！」輕快地上學去了！隔天放學時帶回三個班上同學，她們開心地在房內談笑聊天，並約好一起去吃飯、逛街。此地孩子們的熱情相待，那種感覺和氣味竟和家鄉如此神似、熟悉。

孩子上學後，她不用再像家中那麼忙碌了，她的時間都空出來了，哇咧！真是太棒了！她正可以隨心所欲地做她喜歡做的事了。可當她拿著一本書要好好品味細看時，卻發現怎麼也無法定下心來閱讀，拿著筆要記下一些生活片段時，卻思緒空茫無法成篇。她在新環境裡所做的家事根本是微乎其微的少，她真正成為以前所嚮往的「英英美代子」後，一時之間倒不知所措。不曉得怎麼了，什麼也不想做，什麼也提不起勁，整個人陷入一種空無當中。即使偶而在大妹家看電視，也顯得漫不經心，一樣的節目，卻感覺好像不如在家中看得那麼興味盎然。最後，索性連電視也不看了。

她到福利社買了一堆餅乾、奶粉、麥片包和泡麵後，把自己和外界隔絕起來，她不想出門，每天窩在那幾坪大的斗室當中發呆，有時枯坐在地上床邊、有時攤軟的躺在床上、有時呆坐在桌前，什麼也不想，就只是漫無思緒地把頭腦放空，發呆，發呆，而且可以呆上好久好久。她懷疑那個「真正的她」還留待家中，完全沒有跟來？

在嘉義這個純樸的南部城市裡，灑著同樣的陽光、飄著同樣的空氣，卻有著不一樣的天空。每天天空總是灰濛濛的，很難見到像家鄉那樣亮麗、潔淨、純藍的天空。有人說：異鄉住久了會變家鄉。可她住了三個月了，將近上百個日子，思緒卻仍常常翻山越嶺、飄洋過海的逃跑回家。她好想家，好想回家，真的好想回家；反觀孩子，她在新環境新生活裡過得還滿自在、快樂的。天下父母心，只要她健康、快樂的過日子，那就是她的回報。

夜晚，一片寂靜，整個城市都在沉沉入睡，女兒甜美入眠的臉龐令她安慰又羨慕。如今日夜顛倒的反而是她，她像一隻夜貓，常常佇立守候在窗邊，靜靜凝視著窗外的夜景，那四周閃爍的燈光不若北部城市的繽紛璀燦，但也自有一種小家碧玉之美。她好想能擁有一雙翅膀，在星空下滿載夜色飛奔回家。白天，陽光總大方的在小屋穿梭。她在異鄉的生活缺少了動力，連最基本的裝扮自已都省了、懶了，每天無所事事，昨天、今天、明天，每一個日子都一樣的提不起勁，一切都索然無味，彷彿時光在瞬間凝結，她被凍在轉角處停止前進。除了發呆外還是發呆，睏了就隨性睡上一覺。醒來，倚著椅子呆坐窗前，在這棟高樓的角落，那是她唯一窺視外界的地方，映入眼簾的不似台北觸目盡是高聳凌雲的大廈，幾棟較高的樓層在這片景觀中顯得鶴立雞群，也正因此讓她擁有一大片天空可看（雖然總是一貫灰色），有一整排的綠樹鮮活了整個畫面，不遠處的一條馬路，就算在白天，也沒有台北那眾車喧囂、奮力競奔的吵雜聲。遙望遠方，她依舊想念著家鄉，想念著「班長」金秀的廣東稀飯、學校後門口阿梨的肉羹麵、東門市場阿嫂的麵線糊、好友修儀的無骨炸雞、土地公廟旁的小籠包以及模範街的油條……，啊！這些家鄉美味她已經很久很久沒嚐了！也許這不算是鄉愁，但她發現似乎她還有著滿重的「戀鄉情結」。

黑夜和白天，白天和黑夜相互交替，似乎已無任何意義。時光的消逝是如此緩慢，撕掉一頁日曆竟如此困難，這一切都因為她的情緒一直處在發呆、持續不斷的發呆當中……。

又呆坐桌前，望著日曆，十二月三十一日，啊！猛然覺醒！今年的最後一天！她想，她該好好思考一下，人生總不可

能一成不變，如果往後住在這兒是一種必然，那麼她就不該再縱容自己一直在發呆、持續地在發呆當中過日子。她該學著釋放心情，該為新的生活注入新的活力及訂下新的目標。明天是嶄新的一年，她不該再如此奢侈的浪費時間、浪費生命。那麼，就在今夜的歲末年終裡，隨著孩子和同學們興高采烈的歡樂「跨年」迎新時，終結掉這一段空洞、空無的發呆歲月吧！

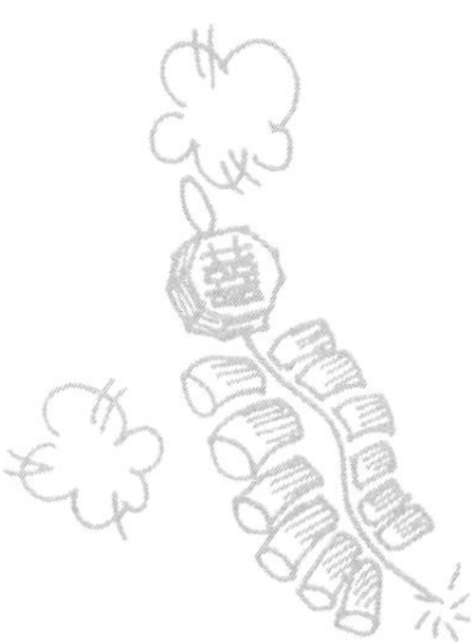

懷·念·情·愛

情書

明天她要訂婚了！訂婚，代表著她對感情做出最後的抉擇，代表著少女時代的結束，代表著人生另一階段的開始，代表著她不能再依賴在父母的身邊……。

男大當婚，女大當嫁，「家」是每個適婚男女的歸宿。對於家，依賴性非常重的她有著濃濃的眷戀，在千思萬慮多方考量下終究還是選擇留在家鄉，不願振翅高飛，不願遠離父母溫暖的懷抱。

母親常說起姨媽的故事，姨丈經營飯店，姨媽貴為老板娘，她穿金戴銀吃香喝辣，每日閒閒打麻將，由於居住「廈門」，久久才回娘家一趟，令外婆心中感觸良多，常說：「女兒嫁那麼遠，像被老虎叼走了似的，斷了母女間的親情……。」自此也在心中暗暗發誓，絕不讓唯一的小女兒再遠離她的身旁，讓她老人家備嘗思女之苦，所以，當住在家附近的父親天天準時的來家中「報到」陪她老人家聊天時，外婆就認定了他這個「女婿」，婉拒了不少上門求親的富家公子、達官顯貴。母親結婚上花轎那天，不知跌破了多少人的眼鏡，傷了多少追求者的心，父親娶得如花似玉水噹噹的母親，除了外貌俊、品行優外，「地利」更是佔了最大的「致勝」因素。因為，外婆不想再失去一個女兒，她常說：「唉，嫁給有錢人，給我再多的錢但看不到女兒有什麼用？我要看的是我兒的臉啊！」外婆說的沒錯，再濃的親情經過了時間、空間的阻隔，有的顯得飄飄盪盪沒有著力點，有的是變薄變淡了，往往是有重大事故後才急匆匆回來探望一下。唉！親情竟也變得如此不堪啊！

在這傳統封閉的島上，男女朋友若未論及婚嫁是很避諱相偕走在一起的，怕三姑六婆的蜚短流長，怕旁人的指指點點評頭論足，怕一些不實的小道消息八卦新聞讓自身及父母的名譽受損……。啊，交個朋友，走在一起，竟也有如此之多的顧忌，真是滿可笑又無奈的事。但民風如此，觀念如此，島民也都是在這層層約束中緘默而認命地遵守著這「世俗」的諸多禁忌。

因之，對於異性朋友的邀約看電影、散步、吃飯、假日出遊，她幾乎是通通婉拒敬謝不敏。因著人言可畏，她不想為自己招惹無謂的滿城風雨。

十七歲的青春年華，宛如一朵盛開的花。溫和的笑容，親切的服務態度讓她在工作上擁有了好人緣。對於愛情，她自是也有一般少女的憧憬，渴望溫柔多情的白馬王子，渴望有緣遇到相知相惜的人，誰不想有個心儀鍾情的朋友呢？

由於工作的關係，她認識的朋友都是為著「保家衛國」、離鄉背井漂洋過海來到地區服役的大男孩們。他們都會與她聊談著自己的故事，不論是求學的過程或是感情的寄託，或是敘述家中的情況及或同營弟兄的奇聞趣事……。她都耐心地聆聽著他們的傾訴。她一向是善於觀察的，敏銳的心喜歡在說者的敘述中剖析他們各自潛藏的特質。

十八姑娘一朵花，青春的年華，誰不想追求呢？尤其是她的耐心傾聽都讓人留下了好印象。當時，「信」是一種最古老最普遍的交友方式。她開始收到了異性朋友的信。也許當面聊談意猶未盡，也許有些話說出口怕會被拒絕，也許生活上有快樂的事、有趣的事，希望找個朋友分享，而她是最佳人選。

收信，看信，平淡的生活忽地變得趣味了起來。收信是開心的，看信是愉悅的。信，她幾乎每天都收到數封信。一封封的信有著各如其人不同的筆調，有的文筆極佳，有的平鋪直述，有的幽默搞笑，有的乏善可陳，有的不知所云……。他們都在表達心中所思所想，與她分享生活點滴。信，如果沒有心存好感支撐，沒有趣味的敘述，沒有彼此對事物共同的認知，是很容易「斷訊」的。收信與回信變成是生活上滿重要的事，回信讓她不斷地練著「頭腦體操」，但卻仍然沒練就出一手端正的好字。

那年夏天，她與那個來金休假的男孩相識了，他們相談甚歡，她很疑惑他居然選擇到「戰地」來休假？說著聊著，爽朗的他坦誠招供了他的故事。

原來他是奉父親之命來金相親的，因為在「金門高中」任教的父親無意中認識了一位同是四川家鄉的朋友，雖不至於「老鄉見老鄉，兩眼淚汪汪」，但在「他鄉遇故知」、人不親土親的感情催化下成了常常相聚在一起把酒言歡的好朋友。老鄉有一女兒長得亭亭玉立，看著看著就主動提議結為「兒女親家」。他就這麼被父親徵召而來了。誰知「人算不如天算」，事與願違，女主角反應平淡，無意「做個朋友」。任憑雙方家長邊鼓敲得震天價響，她仍不為所動，只因她早已「心有所屬，情有所鍾」，說什麼也不願從了父命而背叛愛情。面對這個「意外」，他也處之泰然，面對這個有緣認識無緣開始的女孩，他也真心祝福她「有情人能成眷屬」。

說完他的故事後，他意有所指地說：「塞翁失馬，焉知非福。我認識了妳也很好哇！」

他是個十分坦誠、開朗的大男孩，單親家庭的他，個性很獨立，笑起來兩個深深的酒渦自有一種吸引人的氣質。在他們相處的時日裡，彼此的聊談是滿愉快的，只是，幾天的假期匆匆而過，男孩的親沒相成，倒意外地認識了她。也許，這就是人們常說的冥冥中自有一種緣份。臨行時那男孩說：「回去我寫信給妳哦。」

她很快的收到男孩的第一封信，她也很快的回信了，收信與寫信的心情是非常愉悅的。她在戀愛了嗎？噢！不吧！只是對他比對其他人有著多一點的好感罷了！而且，誰也不能保證這信件往返會寫多久？延續多久？他們藉著魚雁往返彼此訴說著生活上的點滴趣事，即使是在他忙碌時也不忘寄上三兩行叮嚀，這也就夠她滿心歡喜了。此後，他有休假都會來金「探親」，他笑著說：「說是來看我父親和妹妹，其實是來看妳才是真的。」

美好的時光，短短的假期總是太匆匆，相見後總是苦苦期待下次再相會。對她，他以「每日一信」來傳達他的感情，而她也同樣回報著。寫信，是每天生活中重要的功課，即使有時因天候不佳當天沒收到信，彼此之間仍是日日照寫不誤。收信的感覺是很美的，看信的心情是甜蜜的，情緒隨著字裡行間的敘述或感動或會心一笑，彷彿他在身旁一樣。

當然，她的這段戀情，母親是知曉的，她常質疑著：「他父母離婚，為什麼會離婚呢？他將來會不會也像他父親一樣？他會和妳白頭皆老嗎？會有家庭觀念嗎？」在這十分傳統封閉的地方，「離婚」？聽都沒聽過，更別說「事實」了。她也總應著：「一個來自破碎家庭的孩子，他會更珍惜保有一個完整和樂的家的。」母親又說：「他是軍人，又不能常在妳身邊照顧妳，現實的生活不是光靠喜歡就可以解決一切的。」母親說的也許有道理，但是否也在暗示著對這段情的不看好？抑或是像外婆一樣，捨不得她遠離？

情書寫到了第三年，也許是他累了，倦於舟車勞頓辛苦的台金往返，他們再相見時他試探的說：「我想了很久，我沒有任何經濟基礎，也不能給妳任何保障，未來會如何我也不知道，我不想耽誤妳，我們分手好不好？」初聽這番話，她有點愕然，男孩的神情仍是誠懇的，發自內心的真實感覺，想來要提出分手之事也是經過一番深思熟慮與掙扎的。她沉默了幾分鐘後說：「給我一些時間多想想後再決定好嗎？」那年，她二十歲吧！男孩二十三歲，他們都太年輕了，他們只是純純的喜歡著對方，要說「結婚」，根本也是言之過早。她不想離開工作，更從來沒想過如何去建立一個自己的家，如何去做一個妻子的角色，就只是這樣把喜歡的情感寄託在情書上。也許男孩是對的，他是實際的去面對生活上種種的考量與殘酷的現實，而她是全然屬於那種夢幻型唯美的女孩，哪知道柴米油鹽醬醋茶的壓力？哪知道養兒育女的負擔？哪知道麵包與愛情的平衡？

假期結束後，他們仍是繼續地寫著情書，不過不再是每日一信，而是斷斷續續地寫了。想想，相隔那麼遠，再多的牽掛再多的傾訴都比不上見一次面來得真實，對這種聚少離多的感情，情書，就真能維繫至一個圓嗎？信，是越來越少了，最後終至真的「斷訊」了。他們是理性而平和的分手，誰都沒有怨恨或責怪對方，而且在提議分守手後都給對方一個漸退的空間。他們都還年輕，戀愛只是一個人生的經驗、一種感覺，一種過程。戀愛畢竟並不等同婚姻。前後寫了三年的情書，雖然沒有結局，但在當時他和她都是認真的，這段美麗的記憶就讓它留在心裡的某個角落吧！

他退出了她的生活扉頁之外，彼此之間再也無牽掛了。心，一下子空了出來。她是那種極專情的人，三年來心思都在他身上，為了他

婉拒了多少在她身旁示意的男孩，記得有位甫自空官畢業的中尉，駐地就在她工作的附近，一有空就踩著腳踏車來看她，有次他笑著試探她：「曉珍，妳有沒有要好的『男朋友』？」她明白地向他說：「有，有一個每日一信的男朋友。」對他，她保持著「朋友」的角度，她知道她傷了他的心，但感情的事就是這麼奇妙，眼前的對她好也談得來的中尉男孩，她偏無意去珍惜，卻執著於與他的「情書」戀愛。那個中尉男孩期滿調回家鄉時，悵然地在她畫娃娃的本子上寫下了李後主〈烏夜啼〉詞的「剪不斷，理還亂，是離愁，別是一番滋味在心頭。」一手俊秀的字，離別的心，傷感的情，臉上強顏歡笑著。這個住風城，不會說台語，永遠有著燦爛笑容的軍官，終於也要離開他的第一個駐地。她不知道她的選擇是對是錯，捨近而求遠，也許是一種先入為主的觀念影響了她，也許是認為寫了那麼久的情書，不該背叛他，不該移情別戀……。

分手了，感情告一個段落，不用再花心思寫情書了。每天她仍會收到數封信，有認識的，也有沒啥印象的。寫信，太累了，不想再在文字裡交談著，不想再在文字詞意裡推敲追逐著。對於中尉男孩的來信，她回了數封，夜半常自問、思忖著：要繼續嗎？還是要結束？當初在眼前既無意經營，如今相隔兩地，難道又要把戀愛模式架構在情書往返上？有時省視自己的感情，對於親情，割捨得下嗎？對於工作，捨得放棄嗎？母親常說：妳認識的都在外島，他們的家庭如何？人品如何？父母好不好相處都不知道，也很難探聽得到，妳到一個完全陌生的地方，好像一隻孤鳥，將來要是過得不好，叫天不應叫地無門，隔那麼遠我們看不到也幫不到忙，到時妳就後悔莫及啊！」母親的話也自有一番道理，她也一再地問自己，一再地透視自己，她根本捨不得丟下工作，更捨不得離開父母，也捨不得離開她這塊熟悉的土生土長的地方，既然如此，就不要把感情再寄託在一個不可能的結局上。如今她想要擁有的是實實在在的，可以天天見面的，可以直接交談感受得到的「真實」，不想再在夢幻的國度裡築夢著，不想再有望眼欲穿等待情書的牽掛，不想再有情緒上的猜測不安。這樣的情書戀愛寫到最後心力交瘁，終至變淡變薄。

明天她要訂婚了，看著古色古香的床底下那滿滿一大箱的情書與信件，留著已無任何意義。想著大姐和相戀多年的姐夫除了見面外，情書也是不斷，大姐結婚時把所有的情書一張張按照日期編排裝訂成兩冊，隨著婚紗走向幸福的歸宿。大妹也是一樣，在金服役的妹夫與她朝夕相處，窮追不捨，部隊回台後仍繼續以每日一信一卡片延續感情，一年後，大妹毅然辭了工作在台另謀它職，妹夫退伍後他們就步入禮堂，一大堆的情書也裝訂成冊跟著回家。唯獨她的情書找不到回家的路。

她把那一整箱的情書搬到院子，夜晚的天空多麼寧靜美麗，明月當空照，星子正閃爍，還有幾

朵悠遊漫步的雲。她掀開金爐蓋，把一封封的信放了下去，點了打火機，對過去的一切做個告別，曾經有的情，曾經有的感動、期待，一切的風花雪月都將如雲煙不留痕跡，看著一封封情書在彷如輕盈曼舞般的火焰中化為灰燼……。

空

九十四年十月八日星期六一大早就接到小弟來電：「二姐，姨媽今天往生了。」剎時，當下心中一陣愕然、悵惘。關了手機，呆坐在客廳的沙發上，久久情緒才平復過來。

唉！嘆了一口氣，也許我不該悲傷吧！只能說姨媽和表哥終於都「解脫了」。想起姨媽的一生，只能說冥冥之中「命運的手」無情的撥弄，賜予她的幸福、快樂太過於短暫。

姨媽是家中的老大，下有三個弟弟一個妹妹。身為大姐的她從小對弟、妹極為呵護，尤其是對小她整整十四歲的唯一妹妹——我的母親，更是疼愛備至。姨媽天生麗質、清秀可人，但沒讀書識字，在那個時代環境裡，女孩子普遍沒受學堂教育。雖然如此，但在精明、能幹、強悍的外婆調教下，孩子們各個都能謹守禮節、知所進退守分寸。溫柔、賢淑、美麗的姨媽十六歲時已長得亭亭玉立，媒人紛紛上門提親，家中真是好不熱鬧。那個時代，子女的婚事仍是靠媒妁之言，全由父母做主。

在眾多的求婚者中，外婆挑中了在廈門經營旅館生意的姨丈。姨丈大姨媽十歲，家世極好，人也英俊挺拔（看表哥就知道了！）又事業有成，是個極佳的對象。女兒嫁過去一輩子將衣食無缺，幸福快樂地過日子，不用像在娘家勤儉度日，有生活的煩惱，有經濟的壓力。

古人言：女生有兩次「投胎」。第一次是不自主的沒辦法選擇的，第二次（婚姻）則是可靠自己精準的眼光，挑一個「乘龍快婿」就可飛上枝頭做鳳凰。姨媽在當年也可算是「飛上枝頭」了。

當了老闆娘少奶奶的姨媽，每天錦衣玉食，僕婢隨時在旁伺候，櫃檯的錢財隨她自由取用，各國往來的錢幣、紙鈔她都知曉，沒事就打打牌。隔年生下表哥，自有奶媽代為照顧，姨丈對姨媽的寵愛有加自是沒話說。姨媽每天就這麼悠閒過生活，體貼多金的老公、聰明可愛的兒子，人生幸福、快樂至此，夫復何求？

姨媽貴為老闆娘，對娘家也極為照顧，每每也常託人帶高級進口布料、藥材給家鄉的父母、弟妹。幾年過去了，外婆每每收到禮物時都會小小地嘆一口氣！寶貝女兒一出嫁就隨夫婿居住廈門，久久等姨媽回娘家一趟可真是「望穿秋水」。就常說：「唉！有錢有銀有什麼用？經年累月都難見兒一面啊！」當下就發了一個誓，小女兒找婆家時無論如何也要挑住家附近的，點一根火柴的時間三步兩步馬上就可以「出現在眼前」。

外婆原本有五個女兒，可當時醫藥不發達，夭折了三個。因此，對姨媽及母親都視為心肝寶貝，極為疼愛，更常思念著一水之隔嫁為人婦的長女姨媽了。

民國二十六年中日戰爭爆發，日本佔領了金門。遠在廈門的姨媽得知後，要姨丈想辦法把家人接來廈門。姨丈找門路花了十六塊白銀，雇了一艘帆船專程載岳母一家人趁夜摸黑偷渡到廈門。再另租了一棟房子供外婆一家居住，衣食住行都由他負責。因為這場戰爭，姨媽和外婆意外地得以全家相聚在一起，重享親情天倫之樂。

常聽老人說：夫妻若過於恩愛會遭天妒，因為人間不許恩愛到白頭。俗話也言：人不可能擁有「福、祿、壽」三者俱全。人世間絕沒有十全十美的事，每個家庭都總有一個缺憾。唉！難道果真是應了「天妒紅顏」這句話？正值壯年的姨丈竟染了肺病！他也一直持續地看中醫、服藥。有次聽從醫師開的藥方，買了一條大鰻魚加一些珍貴藥材一口氣給吃了。而此時略懂醫理的外婆看他這幾日面色紅潤，精神十足，問女婿是「吃了些什麼？」姨丈據實以告。外婆一聽，心想不妙，這不是好現象。遂告知他：「藥材加食材藥性太強，補過頭了！」要他趕快燉一些蘿蔔湯吃，趕緊來「退火」。可鐵齒的姨丈十分堅持、信賴他的專屬醫師，把岳母的話當「耳邊風」。直說：沒事！沒事！但心中卻想著：到底您是醫生？還是他是醫生？固執的姨丈太信賴醫生了，岳母、嬌妻的話都聽不進去。未幾，好景不長，果真因肝火上升而忽然間往生了。什麼都來不及交代就撒手而去，留下一手經營有成的事業，留下嬌妻、愛子。

姨媽的「天」一下子崩塌了！她一個不識字的婦道人家如何來接管、經營偌大的旅館飯店？何況，做生意她也完全外行。再而，當時中日戰爭也打得火熱，廈門隨時會被日軍佔領。因此，在辦完姨丈的後事之後，姨媽結束營業，解散了所有的員工，只留下結婚時姨丈買來的隨身婢日春阿姨（當年有拐騙小孩的人口販子）在身旁，帶著幼子回娘家和外婆一起生活。

原本就不寬裕的家忽然多了姨媽母子，而全靠大舅、二舅出外工作微薄的薪資畢竟支撐不了整個家，日子總是要過，於是外婆開始在金門和廈門、鼓浪嶼之間「走水」（跑單幫之意）做生意，並帶著姨媽一起「見習」，變成是最佳母女檔，日春阿姨則留在家中照顧表哥、小舅和母親。

我很疑惑，當年姨丈生意做的得那麼大，總有一些資金存款留下來吧？「有，當然有，但都存在銀行，而當時銀行提款都要本人親自簽名的。我姐夫忽然之間往生了，如何再來親筆簽名？」母親說著。後雖幾經極力奔走爭取，但金額畢竟有限，只拿回小部份，有的銀行仍堅持要本人親筆簽，雖然姨媽是如假包換的遺孀，一樣不予容情，堅不付予。當年無啥人權、法治、權益，一切都是銀行「說了算」，規矩就是這樣，絕不更改。何況廈門已落入日軍之手，呈現出一種無政府狀態，走

的走、閃的閃、藉機攜款潛逃的也應大有人在，誰願多事伸出援手？

姨媽的榮華富貴只享了七年，年紀輕輕的二十三歲就守寡。雖然如此，仍有不少愛慕者登門向貌美的姨媽求親，外婆也語重心長的希望愛女能再找一個好對象，終身有個寄託。可已心灰意冷的姨媽秉持著姨丈對她的深情厚愛，堅不改嫁。無論她人如何遊說勸言，無論對方條件如何地好，姨媽是吃了秤錘鐵了心，絲毫不為所動。她幽幽地說：「這世上再也沒有人能比得上我丈夫他所給予我的一切，我命那麼好，卻沒福氣享受。如果再嫁一個，仍是守不住的話，不也一樣？」因此，敬告所有上門求親者，這輩子「有子萬事足」矣！甭再如此枉費心機、浪費口舌了。

我很難想像，當年年紀尚輕的姨媽在歷經結婚、生子的喜悅及至喪偶、財富驟失的雙重打擊中，以她一個單純柔弱的女子是如何來面對這人生的大起大落？如何來排遣、調適心中的悲傷？在她清秀姣好的臉龐下，是如何藏有一顆堅毅、認命的心？

而親情始終是最無價最浩翰無邊的，外婆溫暖的懷抱給了姨媽母子最大的依靠。母女倆輪流跑單幫外，也炒花生、炒沙螺、去向店家批發水果、向養蚵戶拿海蚵讓舅舅和表哥四處叫賣，一家大小都為著生活而共同打拼。

表哥讀完國中後繼續升學上高中，此時，姨媽的小叔在外經商有成，也十分敬佩她數十年來含辛茹苦把侄子帶大，更萬分感念她對兄長始終如一的堅貞感情，遂在永和買了一棟上下兩層樓的房子送給姨媽，並鼓勵她們母子遷台定居，表哥將來繼續升學、求職都比較方便。當時金門仍十分貧窮、落後，各方面都沒什麼好的發展空間，姨媽面對小叔的盛情與好意也就坦然接受。遷台後的姨媽母子仍受到小叔的照顧，每月都會資助些生活費，直到表哥學校畢業到市政府上班工作後才終止。

姨媽算是我們家族中唯一的最早到台居住的親戚。所以，她的家便成了我們日後到台「理所當然」的旅館、飯店，所有吃、住都通通免費！

猶記當年大姐利用暑假，連續四年在台讀師範學院進修班、大哥在台工作與同伴尚未合租房子時、我每次的到台休假以及表姐、表弟們到台……，不論是進修、工作、求學、休假，只要到台，一定都受到姨媽及表哥的「熱情款待」，絕不會因久住而生厭。姨媽為人好好，十分疼愛我們這些晚輩，簡直和自己的親娘沒兩樣。

六十年代，家鄉金門仍是一個十分封閉的社會，往來交通更是不便。雖然到台要在碼頭苦苦等待好幾個小時才能「摸黑上船」，雖然還要歷經一路「搖搖晃晃」的旅程，雖然又要趕搭火車北上，但想到可以見到親愛的姨媽，所有的辛苦都值得。

我在台休假的日子，每天早上，姨媽一手拉著菜籃車一手挽著我，我們邊走邊談邊笑地一起去市場買菜。她總會買雞腿來燉湯、買絞肉來包水餃（我包水餃的技術由此而來），當然更買一大堆的菜，不把菜籃車塞滿是不回家的。而市場內往往有不少賣衣攤位，那自然也吸引我倆的目光，免不了會一家（攤）看過一家。我是很容易心動馬上行動的人，一見喜歡的就要付款買下，此時在旁

的姨媽就會使眼色制止。她說：「哎呀！憨查某，買東西那有像妳這樣買的？要貨比三家、要殺價的……。」啊！我倒熊熊忘了姨媽年輕時也曾跑單幫做生意的，所以，和她出門不論買菜、買衣，我都見識到姨媽特愛討價還價殺價的「功力」。只是有時實在殺得太離譜了，老闆已經快抓狂了，我可愛的姨媽仍滿不在乎的說：「可以賣就賣，不能賣就算了！又不是只有你這家。」然後走人。這招很（狠）厲害，有的老闆就叫住了：「好啦！好啦！阿婆，就俗俗賣給你了。」而我發現，姨媽的購物樂趣就全在這彼此一來一往的殺價當中，彷彿自有一種勝利的快感哩！

不停飛逝的時光讓人成長。表哥結婚了，升格當了「婆婆」的姨媽笑逐顏開。接著孫子、女相繼出世，更令進階當奶奶的姨媽心滿意足。而表嫂一直在上班，姨媽除了掌管家務外也義不容辭的一手帶大兩個金孫，日子又忙碌了起來。而我們這些兄弟姐妹也都各自成家了。我和姨媽睡在一起聊天，一起手挽手邊走邊談笑上市場的美好時光已不復見。婚後我忙著帶小孩，一直未曾去台，雖然如此，我們敬愛姨媽的心卻未曾稍減。

後來，大舅一家遷台，房子就買在姨媽家隔壁，姐弟兩家深厚的感情又緊緊地連線起來，舅媽有煮什麼好吃的、家鄉味的都會端一碗給姨媽嚐嚐，甚至也常做發糕、紅龜粿、綠豆糕這些年節食品與姨媽分享。

舅媽偶而打電話和母親聊談時，也總會說些姨媽的近況。姨媽已七十多高齡了，孫子、女也都長大了。這間十幾坪的小樓房，小小的三間房已住不下一家五口人，表哥買了坪數大一點的新家要搬家了，可姨媽她老人家已住慣了永和，說什麼也不願到新居住。這很令表哥為難，一邊是妻子、兒女，一邊是從小相依為命的母親，孝順的表哥只有兩邊跑，下班之後先到母親處後再回新家看一看，夜晚再回舊家陪姨媽。舅舅、舅媽都還常到姨媽家走動，聊聊天或送個吃的。

不知是哪一年，舅媽來電說及姨媽最近身體狀況不好，有時都會聽到她在喃喃自語，有時會號啕大哭，有時又默不作聲，後來更漸漸地也不太認得誰是誰了？顯而易見的，姨媽有可能是得了老人失智症了。這番描述，讓母親心急如焚，才多久不見的姐姐怎會忽然之間腦筋變得紊亂模糊呢？當下抽了個空赴台探望，而婚後我也很多年沒到台了，也就帶著孩子一起前往。見了姨媽，我不斷反覆地說著我的小名，姨媽也反覆思索後才彷彿「依稀記得」。母親也一直叫著「阿姐、阿姐，妳還記得我是誰嗎？」姐妹情深，姨媽倒是一下子說出母親的名字，並且也願意讓母親替她梳頭、餵她吃麵線。姨媽已經變得不太愛說話，聽力、視力也都不佳，除了吃飯、睡覺外，通常都坐在椅子上。偶爾也許是想到前塵往事，想到英年早逝的姨丈吧，令她不禁放聲嚎啕大哭。也許是想到了家人、親人，令她一陣陣喃喃自語；也許是想到她這一生責任已了，再也無任何牽掛而靜默無言……。總之，姨媽的世界已經在慢慢地封閉了起來，我們很難再去一窺究竟。

母親看著她最愛的唯一的大姐正是該「安享晚年」的時候，不想卻面臨了可怕的逐漸失憶當中，心疼萬分。我也很難過，當時有關老人失智的資訊、預防、醫療及外籍看護都還沒上軌道，因而無法及早做預防、治療。表哥面對至愛的母親，思索著也任職公務員的表嫂是外省人，姨媽又不懂國語，婆媳之間的溝通原本就有著雞同鴨講語言上的障礙，遂責無旁貸、毫無怨言地一肩挑起了照顧姨媽的重責大任。

忽忽地幾年時光又過去了，雖然表哥是姨媽唯一信賴依靠的人，但姨媽的情況並無好轉，除了視力、聽力都消失了，更在七十七歲那年，腦內呈現出一種完全「真空」的狀態。一切人世間的紅塵俗事、悲歡離合、酸甜苦辣，在她的腦海心中已完全不激起任何一絲絲漣漪。她老人家也不哭泣了，也不開口講話了，醒了後就安靜地坐著，等著表哥下班來烹煮吃的、餵她吃飯、替她梳頭、洗臉、換衣服、陪她。

接著在往後的十數年當中，姨媽亦渾然不知小舅、大舅相繼過世。姨媽堅韌的生命力令週遭親朋好友們嘖嘖稱奇，十數年來姨媽在表哥的照顧下也不曾住院過。後來，表哥、表嫂都退休了，孩子也成家了，表哥更可全力照顧姨媽，不用再上班、母親、妻兒處三個地方往返奔波。

十月八日這天正是外祖父的忌日，剛遷台不久的母親還準備了「菜碗」要去舅媽家，順便看看姨媽。不想正要出門時接到表哥來電告知「姨媽往生了」！一時之間，情緒激動，悲不自抑。雖然說生老病死是人生必然的結果，雖然說姨媽這數十年來精神上始終是處於一種「空無」的狀態，留存的只是一個軀體。但畢竟是自己的同胞手足，從小到大最疼愛她的唯一親姐姐，心中難免悲痛不捨。思及她年輕守寡，辛苦撫育幼子及至成家立業又幫忙帶大孫子女，無悔無盡地付出卻不能安享晚年，不禁要問：老天爺是不是睡著了？而且是睡過頭了！所幸，唯一可安慰的是表哥事母至孝，整整有十三年來都由他在照顧母親。對一個大男人來說，這不是一件容易的事，如今表哥也已是個七十三歲的老人了，對於親恩似海的寡母，他已做到心中俯仰無愧。

而深恐母親過度憂傷的我，早早幾天前就從嘉義北上，安慰、陪伴著母親。舅媽也常來電安慰著痛失親姐的母親說：「妳就把大姐想做是她在塵世間所受的苦難都已結束了。那天是阿爸親自來接她上天庭做佛去了。」是的，換個角度想，才不會一直沉浸在悲傷的情境中無法自拔。

告別式選在當月二十三日星期五。當天表姐、表弟、大哥、大弟、小弟也都請假前往，大姐夫婦也特地由金門搭早班飛機趕來，大哥亦幫忙當招待。而當日唯恐母親觸景傷情，我們讓她在家留守，老爸與我們分乘兩部車前往。

看著靈堂上姨媽猶仍清秀的遺照，曾經相處的過往時光一一浮現。儀式開始時我們尚能平心靜氣，可進行到親人、家屬一起起立跟著「誦經師」人手一冊經書「助唸」時，美亮大姐、淑銘表姐和我不禁都紅了眼眶，眼淚撲簌簌滾滾而下，想著慈愛的剛好九十高齡的姨媽一生的境遇，不斷洶湧而出的淚水如江河決堤，完完全全地模糊了我的視線，雙手擦不完止不住汨汨而出的眼淚。此刻我急需面紙或手帕來接收、承擔我的悲傷。我奔出堂外向大哥要面紙，招待桌上居然連一盒面紙都沒有（建議靈堂外桌子上需擺盒面紙，以供取用），要跑到洗手間拿又太遠了，滿臉滴滴落的淚珠兒無法停歇。此時剛好已遷台任教，多年不見的洪巧女老師出現在眼前，她遞給我一條紙溼巾，十分驚異的我擦著失控的眼淚互詢關係？才知原來姨媽是她夫家的嬸嬸。

重新進入靈堂內，我的淚還在源源不斷地流淌著，彷彿在送姨媽的這最後一程裡，我要用我的淚水洗盡她人生故事裡所有的悲傷。而如果這世上真有輪迴轉世，希望姨媽來世擁有快樂、幸福美滿的人生。

儀式結束後即將進入「火化場」，我在走廊上望著那三根高高地巍然矗立的大煙囪，正不停不斷地冒著吐出陣陣輕煙飄向那湛藍而明亮的天空。想著姨媽也即將化為那縷縷輕煙，無盡的不捨與無奈，我的心一陣陣、一陣陣刺痛，只能在心中輕喟一聲：「人生到頭來終究還是一場『空』啊！」

嘆了一口氣，我們一行人出了大門，走過馬路去坐車。仰望晴空，它依然是那麼廣闊悠遠。唉！雖然說人生到頭來是一場空，但我們仍要期許自己，在自己的崗位上努力以赴，全心全意扮演好自己的角色啊！

國家圖書館出版品預行編目

偷窺 ／ 黃珍珍著.-- 一版. --臺北市：
秀威資訊科技，2008. 12
面： 公分. --(語言文學類；PG0215)
BOD版

ISBN 978-986-221-121-2(平裝)

855 97022309

語言文學類 PG0215

偷窺

作　　者 / 黃珍珍
發 行 人 / 宋政坤
執行編輯 / 黃姣潔
圖文排版 / 陳湘陵
封面設計 / 莊芯媚
數位轉譯 / 徐真玉　沈裕閔
圖書銷售 / 林怡君
法律顧問 / 毛國樑　律師
出版印製 / 秀威資訊科技股份有限公司
台北市內湖區瑞光路583巷25號1樓
電話：02-2657-9211　傳真：02-2657-9106
E-mail：service@showwe.com.tw
經 銷 商 / 紅螞蟻圖書有限公司
台北市內湖區舊宗路二段121巷28、32號4樓
電話：02-2795-3656　傳真：02-2795-4100
http://www.e-redant.com

2008 年 12 月　BOD 一版
定價：280 元

讀　者　回　函　卡